DER ALPENFLUG

Roman

Michael Düblin

DER ALPENFLUG

Roman

Verlag Johannes Petri

Der Verlag dankt der Basellandschaftlichen Zeitung und
der Gemeinde Langenbruck für die freundliche Unterstützung.

MIX
Aus verantwortungs-
vollen Quellen
FSC® C068066

© 2012 Schwabe AG, Verlag Johannes Petri, Basel
Lektorat: Thomas Gierl
Umschlaggestaltung: Thomas Lutz unter Verwendung eines Fotos
des Blériot-Flugapparates aus dem Verkehrshaus der Schweiz, Luzern,
von Thomas Gierl.
Bilder im Anhang mit freundlicher Genehmigung des Privatarchivs
Johannes Dettwiler-Riesen, Thun
Gesetzt aus der Bembo
Gesamtherstellung: Schwabe AG, Druckerei, Muttenz/Basel
Printed in Switzerland
ISBN 978-3-03784-022-1

www.verlag-johannes-petri.ch

Inhalt

Prolog: Kitty Hawk im September 2012

Der Horizont ein grauweißer Schleier, der Wind lässt sich nur erahnen, weil er in die Jacke weht, die der Mann am rechten Bildrand trägt, und den Saum an den linken Arm drückt. Die Tragflächen des Flugapparats, der neben dem Mann etwa einen Meter über dem Boden schwebt, scheinen den grobkörnigen Sand fast zu berühren.

Das Foto fast wie gemalt, was hat es mit der Wirklichkeit gemeinsam?

Ich stehe unter dem Wright Brothers National Memorial, mein Blick schwenkt über das heute mit Gras bewachsene Flugfeld.

Die frühere Wanderdüne, ein Monument für den Fortschritt. Ich versuche, in mir die Bilder jenes bewölkten 17. Dezember 1903 vor Augen zu führen.

First Flight.

Später wende ich mich hügelabwärts in Richtung Atlantik, überquere den Highway, gehe am Hotel vorbei und lasse mich an der Kill Devil Beach nieder. Sand rieselt durch die Finger meiner linken Hand, ich höre die Wellen, wie sie sich am Ufer brechen.

Dass ich hier sitze, die Postkarte jetzt zu meinen nackten Füssen, und zwischen den Fingern der rechten Hand einen Vierteldollar kreisen lasse, beweist mir, dass meine Suche ein Ende hat.

Kill Devil.

Auch mein Teufel ist tot.

Noch vor einem Jahr hätte ich es nicht für möglich gehalten, hier zu sein, an diesem geschichtsträchtigen Ort. Ich höre das heisere Kreischen einer Möwe. Sie zieht im Tiefflug an mir vorbei; eine idyllische Kulisse: die dem Wind ausgesetzte Atlantikküste, die Möwe, die auf der Thermik tanzt.

Sand weht über das Foto.

Auf der Rückseite des North Carolina Quarter ist die Szene eingeprägt: das motorangetriebene Flugzeug am Fuße der Kill Devil Hills.

Meine Gedanken kreisen wie der Quarter in meiner Hand. Das Bild des Flugapparats vermischt sich mit dem Bild aus der Zeitung, das ich seit damals immer mit mir trage. Als müsste es mir beweisen, dass es kein Traum ist, hier zu sein. Als ob es mich zum Zeitpunkt zurückführen würde, an dem meine Suche ihren Anfang nahm.

Mona, Basel im Februar 2012

«Bleib doch», sagte ich.

«Ich muss zur Arbeit.»

Mona löste sich aus meinem Arm, den ich ihr um den Bauch gelegt hatte.

«Lass mich», sagte sie, als ich meinen Griff nicht lockern wollte. «Du solltest auch aufstehen.»

«Scheiße, Mona, das hatten wir doch schon.»

«Ja, gestern. Und vorgestern. Ich versteh dich nicht!»

Ich deckte mich zu. Mona setzte sich auf die Bettkante und band sich das Haar. Ich umfasste von hinten ihre Brüste und wollte sie wieder ins Bett ziehen.

«Ich komme zu spät.» Sie stand auf. Mein Blick wanderte über ihren Rücken, die schmalen Hüften und blieb auf ihrem kleinen Hintern haften. Als sie einen weiteren Schritt machte, beobachtete ich die Bewegung ihrer Beckenmuskeln.

«Dreh dich um», sagte ich, als sie vor dem Wohnzimmertisch stand. Ich hatte meine neue Leica im Anschlag, stellte scharf und drückte ab, als sie sich zu mir umdrehte.

«Nicht schon wieder», sagte sie und bedeckte ihre Brüste mit den Händen.

«Das ist süß», sagte ich.

«Ich bin nicht eines deiner Schlampenmodelle. Ich muss nicht süß sein.»

«Bist du aber.» Ich lachte und musste mich räuspern. Mona machte einen Schritt auf mich zu, drehte sich dann aber wieder um und verschwand in der Küche.

«Willst du auch Kaffee?», rief sie nach einer Minute.

«Nein danke!» Ich war beinahe wieder eingeschlafen, als Mona aus der Küche kam, eine Tasse Kaffee in der einen, ein Glas Wasser in der anderen Hand. Sie hatte das Shirt übergezogen, das ich ihr am Vorabend in der Küche ausgezogen hatte. Ich wollte «süß» sagen, unterließ es dann aber.

«Nicht mal Kaffee trinkst du mehr! Früher hast du das Zeug nur so in dich reingeschüttet, und nur das. Kein Wasser, keinen Saft. Nicht einmal Bier wie deine feinen Redaktionskollegen. Kaffee ist dein Lebenselixier, hast du immer gesagt. Und jetzt? Was ist denn los mir dir!»

Mona hatte die Arme ausgebreitet, so dass das Shirt nach oben wanderte und ihren Bauchnabel mit dem silbernen Piercing freigab. Als sie die Arme wieder nach unten nahm, schwappte Kaffee aus der Tasse. Ein Tropfen blieb auf dem Piercing hängen. Ich wollte die Leica erneut hochheben, hielt aber inne. Mein Blick blieb auf ihrem Bauch hängen. Nicht so fest wie der Hintern, aber so, wie er bei einer richtigen Frau sein sollte.

«Es ist nichts. Ich mag nur nicht.»

«Du magst nicht aufstehen, nicht rausgehen. Du warst seit Tagen nicht an der frischen Luft. Würde ich nicht einkaufen, du würdest verhungern.» Mona fuhr sich durchs Haar, weil sich eine Spange gelöst hatte. Eine Strähne fiel ihr ins Gesicht.

«Ich lebe von Luft und Liebe.» Ich wollte lachen, doch es kam nur ein bronchitisches Krächzen aus meinem Mund.

«Lach mich nicht aus!» Mona hatte die Arme unter

ihren Brüsten verschränkt, auch das sah süß aus. Ihre Nippel zeichneten sich unter dem dünnen Baumwollstoff ab.

«Tu ich nicht. Ich find bloß deine Fürsorge rührend.»

Monas Augen verengten sich. Ich senkte meinen Blick weiter und betrachtete ihre Schenkel, sie waren straff und muskulös. Kein Wunder bei ihrer Trainingsintensität. Nur gut, dass sie trotzdem kein Sixpack anstrebte.

«Starr mich nicht an!»

«Tu ich doch nicht.» Ich hob die Augenbrauen und versuchte meinen treuen Hundeblick.

«Doch, du starrst mir auf die Muschi.» Mona zog das Shirt nach unten.

Ich hob die Kamera und richtete das Objektiv auf Monas Unterleib. Sie drehte sich weg. Wieder schwappte Kaffee aus der Tasse, fiel diesmal aber direkt auf den Boden. Klick. Ein festgehaltener Moment, ein Klecks auf der Diele.

Sie verschwand in der Küche und kam mit einem Tuch zurück. Sie bückte sich und wischte den Fleck auf. Sie hielt den Lappen zwischen spitzen Finger und ging auf mich zu.

«Wie lange hast du den Boden nicht mehr gewischt?»

«Scheiße, Mona, ich bin ein Mann. Ich denke nicht dauernd an die verfickte Bodenwischerei.»

«Drum sag ich's dir ja …»

Sie warf mir den Lappen zu. Er landete direkt auf dem Objektiv.

«He, pass doch auf!»

Bei der Kamera hörte jeder Spaß auf. Das Teil hatte mich ein Heidengeld gekostet. Ich stemmte mich aus dem Bett.

«Endlich hebst du mal den Arsch aus der Kiste.»

Ich machte zwei rasche Schritte auf Mona zu. Sie wich zurück. Aber dann wurde mir schwindlig und ich kippte vornüber. Mona konnte mich gerade noch auffangen, bevor ich auf den nassen Dielen landete, dort, wo vorher der Kaffeeklecks gewesen war.

«Du bist verdammt schwer geworden.»

Ich sah ihr Gesicht nur verschwommen vor mir, die Konturen der spitzen Nase waren aber klar zu erkennen. Mona nahm meinen Arm über ihre Schultern und bugsierte mich zum Tisch.

«Ich weiß nicht, warum ich immer an Typen wie dich gerate …»

Ich ließ mich auf einen Stuhl fallen und hielt mich an Monas Oberschenkel fest.

«Ich bin nicht wie deine anderen Typen.»

Mona löste meine Hand Finger für Finger. Sie schwebten für einen Moment in der Luft. Meine Kamera hätte einen besonderen Moment daraus gemacht. Aber sie lag auf dem Nachttisch und so ließ ich die Hand einfach fallen. Zeitungen und leere Zigarrenschachteln hüpften hoch.

«Du könntest den Kram auch mal wegräumen», sagte sie.

«Dabei wird mir schwindlig.»

«Dir wird in letzter Zeit immer schwindlig. Kein Wunder, du bewegst dich nicht, isst nichts, trinkst kaum was. Nur mit dem Rauchen hast du wieder angefangen. Die Scheißzigarren stinken.»

Sie nahm die leere Packung Villiger, die auf der Zeitung von vor einigen Tagen lag, und schmiss sie in hohem Bogen in Richtung Bett.

Ich zitterte.

«Was ist, Harry? Entzug beim Anblick einer leeren Schachtel?»

Aber es war nicht die Schachtel, die mich aus der Fassung gebracht hatte. Es war das Gesicht mit kecker Mütze, das mir von der «bz Basel» zuzwinkerte: «Sarah Mangold wagt Alpenüberquerung in historischem Fluggerät».

Ich wischte die Zeitung weg, die auf den Boden flatterte.

«Ich kann so nicht mehr!», sagte Mona.

Ich schaute zu ihr auf. Ihre Lider flackerten, sie war kurz davor zu weinen. Ich lächelte, doch ihr Blick ging an mir vorbei. Dann dreht sie sich um. Dieses abrupte Drehen, mit dem sie Gespräche immer beendete.

«Ach, Mona, ich mach doch nur wieder so 'ne Phase durch. Du kennst mich doch, bald bin ich wieder der alte Harry.»

Ich hörte ein Schluchzen und wollte sie berühren. Aber keiner meiner Arme bewegte sich. Sie blieben auf dem Tisch liegen, als gehörten sie nicht zu mir.

Mona. Sie schien die Bilder an der Wand gegenüber anzustarren. Mona im Winter, rote Stiefel im Schnee, Mona im Sommer, blauer Bikini im glasklaren Wasser, ihr neckisches Schultertattoo wie aufgemalt. Mona auf einer Wiese liegend, lachend, die Arme nach mir ausgestreckt. Mona, überall, nur Mona, Dutzende Monabilder mit Reißzwecken an die Wand gepinnt.

Sie hatte sich wieder zu mir umgedreht. Die Augen rot, ihre Hände schneeweiß. Ich sah mich nach der Kamera um.

«Ich verlasse dich», sagte sie ruhig. Ich wollte wieder nach ihr greifen, aber meine Arme verweigerten sich, als hätten sie längst begriffen, dass es nichts mehr zu halten gab. Ich wollte etwas sagen, bekam aber nur dieses Grinsen zustande, das mich schon gestern im Badezimmerspiegel erschreckt hatte. Ich wollte ihr alles erklären, aber brachte nur ein Lachen zustande, das wie in den letzten Tagen nur ein Krächzen war.

Mona drehte sich um, wohl um zu gehen, doch dann wandte sie sich trotzdem wieder zu mir und setzte sich auf den Stuhl neben mir.

«Verlass mich nicht!» Jetzt war meine Stimme wieder fester. Ich senkte den Blick, um ihr nicht in den Ausschnitt zu starren. Nun lächelte sie sogar. Aber es war kein Lächeln, das mir galt. Im Gegenteil, mich fröstelte, als ich den Kopf hob und in ihr Gesicht sah. Sie hatte ihren Blick zur Haustür gerichtet, an mir vorbei. Sie griff nach dem Glas Wasser neben ihrer Kaffeetasse und hätte es beinahe umgestoßen. Trotzdem blieb ihr Blick auf die Haustür gerichtet.

«Ich bin bald wieder der alte Harry», sagte ich. Ihre Hand lag zwischen Kaffeetasse und Wasserglas. Ich hob meinen Kopf und wollte meine Hand auf ihre legen. Doch sie zog sie zurück. Nicht ruckartig, aber langsam, bestimmt, ohne mich dabei anzusehen.

«Sei nicht so abweisend. Ich sag doch, ich bin bald wieder der Alte. Morgen. Morgen stehe ich auf und gehe zur Arbeit. Ich trinke sogar wieder Kaffee. Schau!»

Zur Untermauerung meiner Worte hob ich ihre Tasse und trank einen großen Schluck. Hellbrauner Saft tropfte auf meine Brust.

Monas Blick nun auf mir. Wieder ertappte ich mich dabei, ihr in den Ausschnitt starren zu wollen. Dabei war ihr Busen gar nicht so besonders. Ihre Oberlippe schob sich rechts etwas nach oben, so dass ihr Backenzahn zu sehen war. Ihre Lippen verschoben sich immer, wenn sie über etwas nachdachte. Egal, ob es darum ging, welche Schuhe sie kaufen, welches Gericht sie im

Restaurant bestellen oder ob sie mit mir schlafen wollte. Für Mona war alles eine Entscheidung. Jeder Schritt, den sie machte, schien sorgfältig überlegt und abgewogen sein zu wollen.

«Ich weiß nicht, ob ich den alten Harry überhaupt zurückwill», sagte sie schließlich mit zusammengepressten Lippen, so dass ich sie fast nicht verstehen konnte. Als ich endlich kapierte, was sie gemeint hatte, öffnete ich meinen Mund, brachte aber keinen Ton heraus.

«Was kann mir der alte Harry schon bieten?», sagte sie, «er ist nicht bereit für eine feste Beziehung, sagt er, zu beschäftigt mit seinen Redaktionskollegen, knipst irgendwelche Flittchen. Der coole Harry, der Schlampenfotograf. Und dann zuhause klammert er sich an mich, wenn das Zittern wieder beginnt, heult wie ein Baby, wenn alles auf ihn einstürzt. Aber was ist es, das auf ihn einstürzt? Er kann es nicht sagen. Seine Kindheit, sagt er, seine beschissene Kindheit. Da ist die Geschichte mit seinem Freund, der verunglückt ist, aber das kann nicht der Grund sein, oder? Der alte Harry ist egozentrisch und selbstsüchtig. Ich will auch den alten Harry nicht zurück!»

«Ich werde ein neuer Harry», versprach ich und versuchte wieder, meine Hände auf die ihren zu legen. Diesmal ließ sie es zu. Aber aus meiner Stimme sprach keine Überzeugung. Meine Schultern hatten sich gesenkt, ich hatte das Gefühl, meine Wangen wären eingefallen. Ihr vorwurfsvolles «die Geschichte mit seinem Freund» hallte in mir nach. Ich hatte zwar Monas Hände gefasst, aber was ich sah, waren die tellergroßen Pranken meines Großvaters, die Zigarre zwischen den schwieligen Fingern.

«Bist du noch da?», fragte Mona. Ihre Stirn lag in Falten, sie hatte ihre Hände wieder zurückgezogen.

«Ja», sagte ich, aber mein Blick war nun zur Decke gerichtet. Was ich sah, war das Bild in der Zeitung. Sarahs Lächeln wie früher, einnehmend, zuversichtlich, fordernd, das unter der Schiebermütze hervorsprudelnde Haar noch immer gelockt, ich roch Waldreben, der herbe Duft von nassem Laub kitzelte meine Nase.

Ich wischte mir den Schweiß aus dem Gesicht. Die Haut war kalt und klebrig. Meine Gedanken wurden von Bildern aus einer Zeit geflutet, in der die Sommer noch voller Abenteuer waren. Ich war wieder mittendrin.

Die Gang, Langenbruck, 10. Juli 1979

Der Asphalt flirrte, als wir auf der Hauptstraße in Richtung Dorf humpelten. Geschlagen, gezeichnet, von Hunderten von Bremsen gestochen, denen es egal war, ob sich die Indianer im Kampf befunden hatten oder nicht. Wir leckten unsere Wunden, nicht nur im übertragenen Sinn, Pierres Nase blutete und mein rechter Arm war übersät mit roten Ritzen und blauen Flecken. Der Sturz hatte mir ganz schön zugesetzt. Die Sonne brannte auf unsere hängenden Köpfe; die Schmach der Niederlage war sehr physisch. Die Krieger hatten den Kampf verloren – und auch ihr Land.

Die letzte Schlacht. Nun waren wir nicht mehr Beherrscher der Oberen Frenke, wir waren nur noch zwei armselige Buben, die schwitzten und die nicht weinen wollten, obwohl ihnen alles wehtat.

Endlich im Dorf angekommen, verschanzten wir uns in Großvaters Schuppen. Der Lehmboden kühlte angenehm unsere nackten Fußsohlen. Und obwohl das gut tat, wussten wir, dass es vorbei war. Die Gang war tot.

Wir nannten uns «die Gang», weil uns kein gescheiter Name eingefallen war. Ich war ihr Anführer, weil ich die Gang gegründet hatte. Wir waren zu viert gewesen, aber inzwischen waren nur noch ich und Pierre übrig. Georg und Martin hatten sich einer noch tolleren Truppe angeschlossen, die lieber Fußball spielte, zumindest am Abend, wenn es etwas kühler war. Da hingen dann auch die Mädchen rum, was natürlich Ansporn genug war, sich lieber unten auf dem Sportplatz rumzutreiben, als die hehren Zielen unserer Bande zu verfolgen. Mädchen interessierten mich zu dieser Zeit nicht, redete ich mir ein. Und auch Pierre interessierte sich nicht für sie. Wenn ich es mir recht überlege, war das eher seltsam, denn er war ein Jahr älter als ich, und in diesem Alter interessierten sich alle für Mädchen, auch wenn sie es nicht zugaben. Aber Pierre hatte irgendwann nicht mehr mitgehalten. Als sei er einfach stehengeblieben. So verkleideten wir uns immer noch als Indianer und lasen die gleichen Sachen wie in den Sommern davor. Pierre verschlang die Romane von Ernie Hearting, während ich mir – neben all den Spider-Man-Comics – gerne mal ein Jerry-Cotton-Heft reinzog.

Großvaters Schuppen war unser Hauptquartier.

Pierre hatte zum Geburtstag einen Weltempfänger bekommen, ein hypermodernes Radio, das anscheinend alle Sender dieser Erde empfangen konnte. Trotzdem hörten wir vor allem die Hitparade auf UKW. Sie spielten «Bright Eyes» von Art Garfunkel, «Hot Stuff» von Donna Summer, aber auch Schrott von Peter Alexander oder Umberto Tozzi.

Wir aßen selbstgemachte Brote mit dicken, senfbestrichenen Lyoner-Scheiben belegt und tranken dazu Rivella. Wahrscheinlich hätten das unsere Indianer-Vorfahren etwas seltsam gefunden.

Aber wir gaben uns Mühe, wie sie zu sein. Gewissenhaft pflegten wir unsere Waffen. Ich besaß einen Dolch mit Hirschhorngriff und ein Springmesser, das ich noch heute in einer Schublade meines Arbeitszimmers aufbewahre. Wir hatten Steinschleudern gebastelt, mit denen wir ein Vogelnest in zehn Meter Höhe trafen. Wir hatten lange geübt, stundenlang auf leere Raviolidosen gezielt und so eine anständige Schleudertechnik entwickelt.

Alles in allem war es eine gute Zeit gewesen, auch wenn mich die Schulkameraden wegen meiner Freundschaft zu Pierre hänselten.

«He, raucht Sitting Bull heute wieder die Friedenspfeife?»

Wir hatten uns Pfeifen aus Schilfrohr und ausgehöhlten Aststücken gebastelt, vor dem Schuppen ein Lagerfeuer entfacht, um unsere Kalumets gebührend einzuweihen. Das knochentrockene Reisig prasselte wild und Funken stoben über den Platz. Wir johlten und tanzten um das lodernde Feuer. Erst als die rote Glut weißer Asche wich, setzen wir uns im Schneidersitz auf den staubigen Boden, um mit der Zeremonie des Pfeifenrauchens zu beginnen. Genau zu diesem Zeitpunkt kam Martin vorbei, um mich zum Fußballspiel zu überreden. Als er uns kauernd und mit Federn geschmückt vor dem qualmenden Feuer sah, krümmte er sich vor Lachen. Vielleicht waren es die Krähenfedern, die wir uns ins Haar gesteckt hatten, oder die selbstgebastelten Mokassins. Jedenfalls kriegte sich Martin kaum mehr ein.

«Pow wow», keuchte er hervor, bevor es ihn wieder verblies.

«Ach halt den Rand, Martin!», sagte ich. Mehr fiel mir nicht ein, mir war das Ganze ziemlich peinlich.

Tatsächlich wusste tags darauf die ganze Klasse von unserem Friedenshock. Ich hatte das Gefühl, alle würden mich schief anschauen, aber vermutlich war das nur so ein Gefühl. Den Mädchen war es ohnehin egal, was die kindsköpfigen Jungs da wieder trieben. Es war nur

Martin, der mit einem saugenden Ton und der entsprechenden Geste unsere Zeremonie imitierte.

Aber zum Glück waren jetzt Ferien, und wir wurden in Ruhe gelassen.

Nur in der ersten Woche fragte mich Martin erneut, ob ich nicht zum Fußball kommen wolle. Ich seufzte. Natürlich wollte ich. Aber ich konnte Pierre doch nicht einfach alleine lassen mit seinem aus einem Haselnussast und Hanfschnur gefertigten Bogen, den selbstgenähten Mokassins aus Kaninchenleder, das wir an der letzten Herbstmesse auf dem Basler Häfelimärt erstanden hatten, da es selbst in unserem Kaff keine Kaninchenzüchter mehr gab, den mühsam zusammengesuchten schmutzigen und verklebten Krähenfedern.

«Was willst du denn mit dieser Memme?», fragte mich Martin. Keine Ahnung, ich wusste es nicht, ich wäre liebend gerne zum Fußball gegangen, es hätte mich noch nicht einmal gestört, wenn Mädchen zugesehen hätten. Aber Pierre hatte keine anderen Freunde, und ich fühlte mich auf eine unerklärbare Weise verpflichtet.

«Kann ich Pierre auch mitbringen?»

«Keine Chance!», antworte Martin entschlossen. «Was wollen wir mit diesem Schwächling? Den können wir in keiner Mannschaft gebrauchen. Auch wenn er bloß zuschaut, vergrault er uns die Mädchen.»

Und so ging ich nicht zum Fußball und blieb meinem Blutsbruder – wir hatten Blut unserer geritzten Finger getauscht – treu.

Aber es gab noch andere wie uns. Mit den «Geronimo» von Waldenburg befanden wir uns seit dem Vorjahr ganz offiziell im Kriegszustand, um die Gebietsansprüche rund um den Hausberg zu klären. Sie hatten uns eine Schlacht auf der Römerstrasse angeboten. Und natürlich kniffen wir nicht. Wir hatten uns einen Vorteil ausgerechnet, weil die Geronimo aus drei Jungs bestanden, nur einer war etwas älter als wir. Also waren wir einer mehr. Dachten wir. Doch ohne Georg und Martin hatten sich auch unsere Siegeschancen halbiert. Wir waren jetzt bloß zu zweit. Die Geronimo kamen natürlich in Vollbesetzung.

Am Felseinschnitt beim Chräiegg, der dem Pass den Namen gab, trafen wir auf unseren Gegner. Wir kamen von oberhalb des Hauensteins, das machte mir Mut. Wir zogen unsere selbstgeschnitzten Holzmesser – keiner hätte zu dieser Zeit daran gedacht, wirkliche Waffen zu benutzen – und gingen langsam auf den schmalen Karrgeleisen aufeinander zu. Nie zuvor hatte ich einen solchen Adrenalinschub verspürt wie damals auf diesem alten Römerweg. Je näher wir uns kamen, desto klarer wurde, dass unsere Einschätzung auf Informationen aus dem Vorjahr beruhten: Die Kerle hatten sich in dieser Zeit wesentlich verändert und waren mindestens einen Kopf größer als wir. Zumindest zwei von ihnen. Der dritte war eher klein. Ein rothaariger Zwerg, der dümmlich grinste im Bewusstsein, dass ihn seine zwei Kampfgenossen schon beschützen würden.

Trotzdem schöpfte ich erneut Hoffnung. Der Kleine war wirklich keine Gefahr. Ein Tritt im richtigen Moment an die richtige Stelle, und er würde den Schwanz einziehen und heulend zu Mami verduften. Immerhin hatte ich in den letzten zwei Jahren einige Judostunden absolviert, ich hatte es sogar bis zum blauen Gürtel gebracht und war deshalb kampferprobt. Angst hatte ich also keine, aber die Aufregung ließ meinen Kopf heiß werden und das Messer glitt mir fast aus den verschwitzten Händen.

21

Es war wie in «High Noon», wir gingen langsam die Felswand entlang, blieben dann stehen, aber im Gegensatz zu Will Kane hatten wir keine Pistolen, wir mussten weitergehen, bis wir unweigerlich aufeinandertreffen würden oder eine Partei die Flucht ergriff. Und an Flucht dachte niemand.

Als wir nur noch wenige Schritte von den Geronimo entfernt waren, passierte etwas, womit ich nicht gerechnet hatte: Der kleine Rothaarige machte zwei, drei rasche Schritte nach vorn und marschierte direkt auf Pierre zu. Die beiden Langen hatten es anscheinend auf mich abgesehen.

Seit damals weiß ich, wie wichtig die richtige Vorbereitung auf ein Ereignis sein kann. Die Geronimo hatten sich informiert. Pierre war der Schwachpunkt unserer Gang. Schwächer noch als der rothaarige Zwerg. Irgendwie hatten sie auch rausgefunden, dass unsere Gang nur noch aus zwei Mitgliedern bestand. Also hatten sie taktiert. Die zwei Langen beschäftigten sich ausschließlich mit mir.

Der Rotschopf war zwar klein, aber er brauchte keine zwei Sekunden, bis Pierre unter ihm im Schwitzkasten lag. Ich konnte es nicht fassen. Dabei hatte ich selber genug zu tun. Die Langen umrundeten mich. Mit gewissem Respekt, wie mir schien. Wahrscheinlich war mir mein Ruf vorausgeeilt. Ich hatte vor zwei Wochen den selbstgekrönten Kaiser unserer Schule – einen grobklotzigen, schmaläugigen Fettsack mit Schweinsöhrchen – mit einem «Hiza-guruma» entehrt. Aber das half mir in diesem Moment nicht viel. Der etwas schmalere der beiden Großen, dessen Gesicht mit Pickeln übersät war – was ich erst in dem Moment bemerkte, als seine Nase nur ein paar Millimeter von meiner entfernt war –, wagte einen Direktangriff von vorne. Diesen konnte ich mit einem «De-ashi-barai» gut parieren. Mein Fuß traf seinen genau auf der Höhe des Knöchels. Sehr einfach, aber effektiv. Der Pickelgesichtige kippte zur Seite auf den Waldboden, und ich konnte mich um seinen nicht minder großen Bruder kümmern, der sich hinter dem Angreifer aufgehalten hatte, aber die Chance zum Angriff nicht nutzen wollte. Doch als er nun direkt vor mir stand und ich in seine Augen blickte, erschrak ich. Das hatte ich noch nie im Gesicht eines Jungen gesehen. Seine Augen waren zu Schlitzen verengt und seine Wangenknochen standen hervor. Sein Gesicht war dunkelrot angelaufen und ich konnte das Malmen seiner Zähne hören. Anscheinend hatte ihn mein Judowurf zur Weißglut getrieben. Oder vielleicht war der Kaiser sein persönlicher Freund. Jedenfalls sah ich Hass. Ich hatte mir nie vorher vorstellen können, dass mich jemand hasst. Aus welchem Grund auch immer. Aber dieser Junge tat es. Er kam mit gesenktem Kopf auf mich zu. Das war kein Nachteil für mich; einer, der den Kopf senkt, kann nichts sehen, und ich war in diesem Alter ziemlich wendig. Ich brauchte bloß einen Schritt zur Seite zu machen und der Dunkelrote raste kopfüber direkt auf die moosbewachsene Felswand zu. Ich packte ihn beim Ärmel. Er drehte sich um sich selbst und fiel auf die Knie. Seine Hose schrammte auf dem weißen Jurakalk, und ich konnte gerade noch ein blutiges Knie durch das große Loch im Stoff erkennen, als mich der andere wieder von hinten anfiel. Ich hätte eigentlich in so einem Fall einen «Tsuri-komi-goshi» versucht, hatte aber Angst, mein Angreifer würde mit dem Rücken auf die kantige Straße geschleudert. Es hätte ihm wohl das Rückgrat gebrochen. Also ließ ich es geschehen. Er hing an mir wie ein Sack und wusste auch nicht so recht, was er tun sollte. Ich wagte einen Blick in Richtung Pierre; er lag noch immer unter dem Rotschopf, der ihm einen Hieb nach dem anderen verpasste. Keiner verprügelt meinen Freund! Ich schüttelte das Pickelgesicht ab wie ein lästiges Insekt und machte einen Schritt auf Pierre zu. Doch der Lange fiel mir in die Beine. Ich sackte auf den Stein, es tat höllisch weh, als ich mit der rechten Schulter voran aufschlug. Blitze zuckten mir in den Augen, dann verlor ich das Bewusstsein.

Als ich wieder zu mir kam, waren die Geronimo verschwunden.

Pierre lag neben mir und winselte. Er hatte sein Gesicht in den Händen vergraben. Ich streckte meinen Arm nach ihm aus, aber ein stechender Schmerz ließ mich die Bewegung nicht fertig ausführen.

Wir saßen auf einem Baumstrunk in Großvaters Schuppen. Keiner hatte auf den Weg hierher ein Wort gesagt. Ich drehte den UKW-Sender an, und Umberto Tozzi sang «Ti amo», ausgerechnet.

«Indianer sein ist blöd.»

Ich konnte im ersten Augenblick gar nicht verstehen, was Pierre da gesagt hatte. Ich starrte ihn nur an.

«Ist doch wahr», sagte er leise. «Das bringt doch nichts. Wir sind keine Krieger.»

«Was sind wir dann?» Ich war wütend. Wegen dieser einen Schlacht war doch der Krieg noch lange nicht verloren.

«Wir sind Entdecker, Pioniere», sagte Pierre. Seine Augen leuchteten nun wieder.

«Sind wir?»

Pierre antworte nicht, stand auf und kramte aus der ramponierten Kiste, in der wir unsere Comics aufbewahrten, ein zerfleddertes Buck-Danny-Heft hervor und hielt es triumphierend in die Höhe.

«Flugzeuge!»

Ich kam nicht mit. Was wollte er mit diesem Düsenjägerkalterkriegkram?

Aber Pierre war nicht mehr zu halten. Er zerrte an meinem Arm, ein heftiger Schmerz durchzuckte mich, und ich folgte ihm nach draußen.

Vor dem Schuppen blickte er in den Himmel und sah dabei direkt in die grell blendende Sonne. Er breitete die Arme aus wie ein Sperber im Wind und hätte abgehoben, wäre auch nur ein Lufthauch zu spüren gewesen.

«Wir bauen Flugzeuge», sagte Pierre mit vorgerecktem Kinn.

Ich hatte meine Hände in den Hosentaschen vergraben und blickte auf die Sägespäne am Boden. Großvater hatte gestern Kiefernstämme gesägt. Es duftete noch immer aromatisch süß. Ich dachte an die Bogen, die wir geleimt hatten und die beim ersten Spannen auseinanderbrachen. Oder an die Gewehre, die mit einem Gummizug ein Geschoss durch ein Metallrohr schießen sollten. Nur dass der gespannte Gummi die getrockneten Bohnen nicht nach vorne durch den Lauf, sondern rückwärts geschleudert hatte, so dass wir froh sein konnten, kein Auge verloren zu haben, wenn beim Zielen der Schuss wieder einmal nach hinten losgegangen war.

«Wir sind nicht unbedingt die besten Ingenieure», sagte ich deshalb vorsichtig.

Pierre wandte sich abrupt nach mir um.

«Keine richtigen Flugzeuge natürlich, du Idiot. Nur Modelle.»

Ich blickte wieder zu Boden und grummelte. Ich mochte es nicht, von ihm als Idioten bezeichnet zu werden. Aber dann erinnerte ich mich, wie er winselnd auf dem Boden des Römerwegs gelegen hatte, und schluckte meinen Ärger runter. Pierre schien das gar nicht zu bemerken. Er breitete erneut die Arme aus und rannte die Dorfgasse hinunter.

«Wir fliegen, wir fliegen», rief er immer wieder, und ich fragte mich, wer von uns beiden nun der Idiot war.

Als ich ihn unten bei der Wegkreuzung zur Schönthalstrasse wieder eingeholt hatte, nahm er mich beim Arm, den ich rasch zurückzog, und sagte: «Wie schön es doch wäre, einfach nur auf einer Wiese zu stehen, die Nase im Wind, zu laufen, immer schneller, bis das Fluggerät zu schweben beginnt – dem Himmel entgegen, wie einst die Pioniere der Luftfahrt.»

Der Flugtag, Liestal, 27. April 1913

Ein schöner Frühlingstag in Liestal. Es ist nicht mehr so nasskalt wie in den Tagen zuvor, die Männer legen lässig ihre Jacken über die Schultern und grüßen galant mit gezogenem Hut die Damen, die in Korsette geschnürt oder in locker fallenden Baumwollblusen an ihnen vorbeiflanieren.

Das Gras des Gitterli zertrampelt von Hunderten Lack- und Lederschuhen und Dutzenden Stiefeln, hart und endlich trocken der Boden.

Der junge Alfred Aebi schämt sich. In seinen kurzen Hosen und seinem Wollpullover kommt er sich vor wie ein Schnuddergoof, aber in Wirklichkeit ist er doch ein Entdecker, ein Held. Er muss nicht mehr hochschauen zu den Männern, seit Anfang des Jahres kann er den meisten auf gleicher Höhe in die Augen blicken. Und doch unterscheidet er sich noch von ihnen. Sie tragen Schnäuze und schwarze Krawatten, die blauen Uniformen der Kapelle, die grauen der Offiziere, rassige Westen, sie wedeln mit Hüten, wenn eine Frau vorbeistolziert. Alfred Aebi würde auch gerne imponieren, doch er hat keine Kopfbedeckung, die er zum Gruß lüften könnte. Auch fallen ihm die Worte nicht ein, die eine junge Dame zum Kichern bringen.

«Schöner Tag heute, mein Fräulein», sagt einer mit rundem Hut in der einen und Zigarre in der anderen

Hand. Die Angesprochene blickt verschämt zu Boden, und Alfred meint zu erkennen, dass sie errötet.

Dann hastet ein Beamter in dunkelblauer Postuniform und Käppi vorbei. Auf ihn hat Alfred gewartet, flink hängt er sich an seine Fersen.

Früh heute Morgen hat er sich aufgemacht, um diesem Augenblick beizuwohnen. Seit er das Inserat in der Basellandschaftlichen gelesen hat, denkt er an nichts anderes mehr. Eigentlich interessiert ihn die Zeitung nicht, er überblättert das meiste. Der Balkan ist unermesslich weit weg, und Krieg dort hat nichts mit ihm zu tun. Nur die Fortsetzungen des Kriminalromans von Walter Habel liest er eifrig – heimlich hinten im Schuppen, damit ihn niemand stört.

Sein erster Erfolg.

Deshalb kann er es kaum erwarten, bis seine Mutter die neue Ausgabe nach Hause bringt. Aber gestern hat er weitergeblättert. Und da stach es ihm ins Auge: «Flugtag in Liestal».

«Darf ich morgen ins Stedtli?», hat er den Vater gefragt. Der hat geraunt und die Frage mit einer Handbewegung weggewischt. Also fragte er die Mutter, die ihm zumindest zuhört, wenn er etwas von ihr will, die aber sagte: «Frag doch den Papa.» Also fragte er wieder den Vater, und der brummte: «Wenn's nüt choschtet, chasch halt goo.»

Jetzt pocht Alfred das Herz in seiner Brust. Angst hat er, es würde zerspringen. Das letzte Mal, dass er sich so gefühlt hat, war, als ihm die Margrit in der Pause einen Bissen von ihrem roten, saftigen Apfel angeboten und ihn dabei mit ihren grünen Augen fixiert hat.

Natürlich kostet der Ausflug doch etwas, aber davon brauchen die Eltern ja nichts zu erfahren. Die zehn Centimes fürs erste Waldenburgerli am Morgen klaubte er sich aus seiner Spardose von der Liestaler Kantonalbank. Für einmal nach Liestal und zurück reichte es genau, die 50 Centimes Eintrittspreis kann er nicht mehr aufbringen. Nur so teuer wie ein Laib Brot, stand in der Zeitung. Aber wer nichts hat, dem wird auch nichts geschenkt.

Die schmale Dampflok «Gedeon Thommen» der Waldenburgerbahn dampfte und schnaufte durchs Tal, Alfred hätte sie anschieben mögen, so langsam erschien ihm die Fahrt.

Dann stieg er aus und rannte in Richtung Kaserne. Noch nie ist er so schnell auf den Beinen gewesen. So muss Fliegen sein.

Sein Herz rast, und er denkt abwechselnd an die Margrit mit ihren roten Wangen und an die Ereignisse des Tages.

Jetzt folgt er dem Pöstler, auch der ist rassig unterwegs mit seinem Sack auf dem Rücken. Doch dann bleibt er plötzlich stehen, und Alfred erschrickt, denn er wäre fast in ihn hineingerannt.

Die Absperrung.

Ab hier kostet es Eintritt. Der Beamte aber wischt sich bloß den Schweiß von der Stirn – auch ihm ist heiß geworden –, um sich gleich wieder in Bewegung zu setzen. Alfred hinter ihm. Der Kontrolleur wendet sich weg, hat Alfred nicht bemerkt, sonst hätte er ihn sicher wie eine Fliege weggescheucht, ein Kind ohne Geld. Aber Alfred Aebi ist kein Kind mehr.

So laufen sie noch ein paar Meter, dann plötzlich geht ein Ruck durch den Pöstler vor ihm, der Sack wird zu Boden geworfen, und er salutiert, als sei er ein Soldat, der seinem Vorgesetzten Meldung macht.

Aber dieser Vorgesetzte lacht nur, sagt: «Nicht so förmlich, Hans», und schlägt dem Angesprochenen freundschaftlich auf die Schulter. Alfred, der hinter dem Rücken des Postboten steht, schaut über dessen Schultern. Das ist er! So stellt sich Alfred einen Mann vor. Nicht Hut und Krawatte, nicht Weste und Lackschuhe. Sondern weißer Rollkragenpullover, und die wetterfeste Brille hochgeschoben zur schräg sitzenden Mütze. Stiefel und wollene Socken, die bis zu den schwarzen Knickerbockern reichen. Die Hände tief in den Hosentaschen vergraben, lachend mit hellem Gesicht.

Bider.

Er sieht fast so aus wie früher, als er noch durch die Gassen von Langenbruck schlenderte und Alfred zu ihm aufschauen musste. Nur hatte er damals keinen Schnauz getragen.

Der Pöstler nimmt den Sack wieder auf und überreicht ihn dem Mann vor ihm.

Bider zieht seine Hände aus den Taschen und nimmt ihm den Sack ab. Als dieser einen Schritt zur Seite tritt, steht ihm Alfred plötzlich direkt gegenüber.

«He, wer bist denn du?»

Er bekommt keinen Ton heraus.

«Ah, du bist doch der kleine Aebi Alfred aus meinem Dorf.»

Der große Alfred Aebi schluckt leer. Bider kennt wirklich noch seinen Namen.

«Komm, fass mit an, wir können noch ein Paar kräftige Hände gebrauchen.»

Wieder lacht Bider. Ein verschmitztes Lachen, fast schon ein Kichern. Aber Alfred hat nicht das Gefühl, als würde er ausgelacht. Das gilt eher den Männern in den feinen Anzügen, die verschämt zu Boden schauen unter diesem Kichern. Nur der Postbote mustert ihn grimmig, er hat sich umgedreht, doch bevor er den

Mund aufbekommt, sagt Bider: «Schön, dass du es rechtzeitig geschafft hast, Aebi Alfred», und nimmt ihn bei den Schultern. Er führt ihn in Richtung einer Schar Leute. Die Menschenmenge teilt sich vor ihnen. Alfred fühlt sich seltsam, wie von einer Dampflok der Brünigbahn gezogen. Sie halten vor einem Mann mit ölschwarzen Händen. Bider geht um diesen herum und klopft auch ihm auf die Schulter.

«Saniez, ist der Aeroplan bereit?»

Der Mann zwinkert mit dem rechten Auge. Sie gehen gemeinsam ein paar Schritte über das Gras.

Dann steht er vor der Maschine. Der Anblick raubt Alfred den Atem. So schön ist nicht einmal die Margrit mit ihrem gepunkteten Rock und den Zöpfen. So schön ist nichts auf der Welt. Bisher hat er nur davon gehört, gesehen hat er so etwas noch nie.

Der berühmte Blériot-Apparat.

Die gewölbten Flügel straff mit Leinen bespannt, die Räder einem Velo ähnlich, aber viel größer und das Fahrgestell leicht nach hinten geneigt, wahrscheinlich damit die Erschütterungen bei Start und Landung gedämpft werden und die Räder besser in der Spur bleiben.

Alfred lässt sich mit geöffnetem Mund am mit kreuzförmig gespannten Seilen versehenen Rumpf entlangführen. Alles an dieser Maschine ist so straff, so geschliffen, so aerodynamisch. Dieses Wort hat er in der Zeitung gelesen. Ein Wunderwerk der Neuzeit. Und als sie sich dann ducken und unter dem rechten Flügel hindurch beim Heck des Flugapparates ankommen, schnappt Alfred nach Luft. Der Propeller! Einmal hat er eine Fotografie gesehen, die der Schwager seines Vaters vom Basler Flugtag letzten Monat mitgebracht hat, aber das körnige Bild hatte nicht zeigen können, wie herrlich glatt dieses gewundene Holz in Wirklichkeit ist. Höher noch als ein Mann ist es und wird in der Mitte von einer Metallschraube gehalten, so groß wie seine Handfläche. Dahinter der Umlaufmotor, laut Zeitung eine Revolution im Flugzeugbau, da er leichter und zuverlässiger ist als die bis vor wenigen Jahren verwendeten Ottomotoren. Aber Alfred kommt nicht dazu, weiterzustaunen.

«Ihr drei geht nach hinten», sagt Bider fest. Alfred blickt sich um, dann in die Runde. Hinter ihm Biders Lachen, offen und einladend.

«Du auch, kleiner Alfred. Haltet die Maschine fest, bis ich es sage, dann lasst los.»

Ein Kerl wie ein Berg, in schwarzer Lederjacke, nimmt Alfred bei den Schultern und führt ihn zum Heck des Fluggeräts.

«Nur die Holzstangen festhalten, ja nicht die Planen», grummelt er, «und erst loslassen, wenn der Bider es sagt.»

Alfred sieht Bider, wie er sich mit Hilfe von Saniez' zu einer Räuberleiter ineinandergefalteten Händen auf den Aeroplan emporschwingt. Saniez eilt zum Propeller. Bider gibt ein Zeichen, Saniez dreht den Propeller mit einem Schwung. Der Motor zündet. Es kracht, dann plötzlich ein Ziehen in den Armen, der Aeroplan will wegrollen, aber genau das soll der Aebi Alfred verhindern, groß und kräftig, wie er jetzt ist. Mit all dieser Kraft stemmt er sich gegen den Zug. Der Motor knattert, dann brüllt er, bläst den Helfern die Hüte von den Köpfen. Alfred dröhnen die Ohren, und er würde sie sich zuhalten, wenn er könnte. Es riecht scharf und bissig, so wie manchmal die schnittigen Automobile, die sonntags über die Dorfstraße von Langenbruck knattern. Rauch trocknet ihm die Kehle aus. Seine Augen brennen. Aber er darf sie nicht schließen, sie bleiben an Biders Rücken geheftet. Der Propeller ist gar nicht mehr zu sehen, so schnell dreht er sich.

«Festhalten!», ruft ihnen Bider zu.

Er versucht zu gehorchen, obwohl er sich den Staub aus den Augen reiben möchte.

Von weit her erklingen majestätisch die Posaunen der Stadtmusik, Alfred hört sie nur dumpf durch den Motorendonner.

«Loslassen!», brüllt Bider. Endlich. Der Aebi Alfred lässt sofort los und wirft sich zur Seite, damit die Heck-flosse ihn nicht streift.

Der Aeroplan rollt davon. Holprig wie der Boden. Der Apparat wippt auf und ab, die Flügel scheinen zu brechen. Das Gerät ist nicht für die Fahrt am Boden ge-baut. Dann macht es einen Satz, wahrscheinlich ein Windstoß, der zur falschen Zeit Auftrieb gegeben hat.

Alfred rennt Bider hinterher. Mit ihm Dutzende von Menschen, sie schwenken Mützen und Hüte, nur einige Damen bleiben zurück. Er lacht und hustet und lacht. Dann zieht Bider die Maschine hoch.

In der Luft.

Der Aeroplan steigt schnell, die Nase steil nach oben gerichtet. Trotzdem ist seine Flugbahn unruhig. Wind hat eingesetzt. Die Maschine bewegt sich auf und ab, will nach links ausbrechen, dann nach rechts. Bider muss den wild gewordenen Raubvogel erst zähmen. Endlich wird sein Flug ruhiger, doch er ist nah beim Schleifenberg. Zu nah. Bider legt den Aeroplan in eine lange Linkskurve, kreist zweimal über Alfred und den anderen – «Grüß mir Langenbruck», meint er zu hö-ren –, dann fliegt Bider einen Halbkreis und zieht in Richtung Rheinfelden davon.

Die Fledermaus, Langenbruck,
15. August 1980

Pierre nagelte den letzten Meter Shirting-Tuch an die Weidenrippen des Gleiters. Möbelwachs tropfte auf den Boden und zeichnete die Fledermausform nach.

«Fertig», sagte er und wischte sich mit dem Ärmel den Rotz von der Nase. Er streifte ihn achtlos am Kiefernholz ab. Großvater, der ihm von der Gartenbank aus dabei zusah, stieß ein Grunzen aus, das an weit entferntes Donnergrollen erinnerte. Pierres rotes Haar leuchtete um die Wette mit seinen glühenden Wangen. Er warf mir einen triumphierenden Blick zu und schleuderte den Hammer hinter sich, wobei er beinahe unseren Gartenzwerg enthauptet hätte. Ich griff nach meiner Kamera, einer neuen Canon AE1, aber Pierres Augen waren schon wieder an die Pläne geheftet, als glaube er nicht, dass das Werk vollbracht sei.

Großvater schloss kurz die Augen und grunzte, diesmal wie ein Wildschwein. Ich interpretierte das als «die Jugend von heute», obwohl alle sagten, dass es sinnlos sei, etwas in Großvaters Geräusch- oder Gebärdensprache hineinzuinterpretieren. Ich war mir nicht so sicher. Großvaters Grunzen hatte viele Nuancen, änderte sich mit der Gelegenheit. Zufrieden wie jetzt, als er an der Villiger zog, nachdenklich, als ich ihm von unserem Plan erzählte, stolz gerade eben, als der Gleiter mit über sechs Metern Spannweite tatsächlich fertig wurde, nachsichtig, als der Gartenzwerg seinen Kopf behalten durfte. Er zog kräftig an dem kurzen, runden Stumpen und blies den Rauch in die Luft.

Ich war mit dem Griffholz beschäftigt, während Pierre mit fachmännisch gerunzelter Stirn ein letztes Mal die Weidenrippen prüfte. Ich weiß nicht, weshalb ich nicht daran dachte, auch diesen Moment festzuhalten. Wie seltsam. Wo ich doch sonst alles aufnehmen musste, ja gar von Bildern träumte, die es noch gar nicht zu fotografieren gab. Wie dem Moment, an dem der Gleiter abheben würde.

Den ganzen Sommer hatten wir uns ausgemalt, wie wir mit dem Apparat über die Wiesen schwebten. Aber nur Pierre, später auch Großvater und Sarah, hatte eine genaue Vorstellung davon, wie der Gleiter schlussendlich aussehen würde. Ich befolgte einfach seine Anweisungen, straffte das Tuch und nagelte Peddigrohrstreifen auf die Weidenhölzer, die die Tragflächen ausreichend versteifen sollten. Ich dokumentierte den Fortschritt, aber mir den Apparat anhand der Skizzen vorzustellen, daran scheiterte ich kläglich.

Pierre sprach von tragenden Teilen, vom Gestellkreuz aus Kiefernholz, sagte, der Gestellkreis und die Leitwerksverbindung seien im Original aus zwei bis vier Jahre altem Weidenholz, die Metallverspannung unter dem Gestellkreuz müsse von einem zwei Millimeter starken Stahlband getragen sein und man müsse darauf achten, das Leinentuch richtig zu imprägnieren. Ich verstand nur Bahnhof.

Deshalb fotografierte ich, wenn Pierre mit Sarah über Tragflächen und Leitwerk sprach. Beides auch aus Weidenholz, zwischen 14 und 28 Millimeter stark, die Bespannung aus einem Baumwollstoff, dem englischen

Hemdenstoff zur Zeit Lilienthals ähnlich, die Verspannung unter den Tragflächen mit zwei Millimeter starkem, verzinktem Eisendraht und Spannschlössern aus sechs Millimeter Kupferrohr. Aber Sarah war heute beim Klavierunterricht. «Mädchen», sagte Pierre bloß und beugte sich über die Pläne, als suche er nach einem vergessenen Detail. Vor fast einem Jahr hatte er die fixe Idee entwickelt, diesen Lilienthal-Gleiter aus dem letzten Jahrhundert nachzubauen, um über die Hänge zu schweben. Großvater hatte nur lachend gegrunzt. Auch noch, als wir das Holz zusammensuchten, auch noch, als wir die Ställe im Dorf nach Segeltuch abklapperten, nur weil der Bauer auf der Schwängi einmal einen Stapel Holz mit einer wasserfesten Plane abgedeckt hatte. Aber als wir die Baupläne aufhängten und Pierre mir die Anweisung gab, wie ich den Schwanz zusammenlegen sollte, war das Grunzen nachdenklicher geworden, schließlich fordernd, bis wir ihm versprechen mussten, nie und nimmer mit dem Ding fliegen zu wollen.

Vielleicht wäre alles anders gekommen, wenn wir kein Mädchen dabeigehabt hätten. Vielleicht hätte Großvater uns nicht so leicht vertraut, wenn er nicht in Sarahs lachendes Nicken eingefallen wäre, sondern das Glitzern in ihren Augen oder ihre gekreuzten Finger bemerkt hätte. Doch damals hätte jeder Sarahs Interesse an Technik für eine Ausrede gehalten, um mehr Zeit mit Pierre und, wie ich hoffte, auch mit mir zu verbringen.

Dabei fing alles ganz harmlos an, so wie es keiner erwarten konnte. Uns war das zusammengefaltete, braungelbe Papier mit handschriftlichen Skizzen in einem zerfledderten Exemplar von «Der Vogelflug als Grundlage der Fliegekunst» buchstäblich in den Schoss gefallen. Pierre hatte Lilienthals Werk in der Buchhandlung Koechlin am Spalenberg in Basel entdeckt, an einem dieser freien Mittwochnachmittage, an denen wir sonst nach Comics stöberten. Schon ab dreißig Rappen bekam man eine gebrauchte «Micky Maus» aus den Kisten im untersten Regal. Weil der Laden so schmal und über und über mit Büchern vollgestopft war, mussten wir uns zwischen die Stapel mit Religionsgeschichte und Atlanten kauern, um nach den Schätzen zu suchen oder uns in alte Ausgaben von «Tim und Struppi» und «Asterix» zu vertiefen. Ich war damals noch ganz auf die «Spider-Man»-Geschichten versessen und konnte meine Augen nicht von der Szene lassen, in der Peter Parker Mary Jane im Flughafenterminal küsst, als sich Pierre mit leuchtenden Augen neben mich kniete. Die roten Sommersprossen glühten auf seinem Gesicht.

«Sieh dir das mal an», sagte er und hielt mir den bräunlichen, muffigen Band unter die Nase.

«Bäh», sagte ich, «das stinkt ja.»

«Natürlich stinkt es», sagte Pierre, «weil es alt ist, und alte Bücher stinken immer.»

Ich schüttelte angewidert den Kopf. Pierre zuckte mit den Schultern.

«Du verstehst halt nichts von diesen Sachen», sagte er mit müder Stimme.

«Von was für Sachen?», fragte ich und musste ein Lachen unterdrücken, weil Pierre so erwachsen und lehrerhaft klang.

«Von Büchern und so. Du liest immer nur diesen Comic-Kram und nie ein anständiges Buch.»

«Na, dann ist das wohl ein anständiges Buch?» Ich riss ihm den Band aus der Hand. Für einen Augenblick zuckten seine Mundwickel. Ich blätterte in dem alten Schinken.

«Klar, hochinteressant. Da schreibt einer ‹An jeden, dem es eingeboren, / Dass sein Gefühl hinauf und vorwärts dringt, / Wenn über uns, im blauen Raum verloren, / Ihr schmetternd Lied die Lerche singt.»»

Ich lachte so laut, dass der alte Koechlin von seinem Schreibtisch aufsah. Mit seinem weißen Bart und den Tränensäcken sah er aus wie Obi-Wan Kenobi mit Nickelbrille. Pierre schnappte sich das Buch und zerrte daran. Ich ließ nicht los. Mit einem schmatzenden Geräusch rissen die Buchdeckel vom Papier. Ich duckte mich, damit Obi-Wan nicht auf die Idee kam, sein Imperium gegen uns verteidigen zu müssen, als etwas an meinem Arm entlangstrich und ich plötzlich ein gefaltetes Blatt in den Händen hielt. Wir starrten uns an, gleichermaßen erschrocken und aufgeregt. Pierre sah sich rasch um.

Als feststand, dass die Luft rein war, schnappte er sich das handgroß zusammengefaltete Stück Papier und faltete es auseinander. Bläulich auf der Innenseite mit weißen Linien, dünn, aber präzise zeigten sie auf nur 20 mal 40 Zentimetern die Skizze eines Flugapparates. Rundherum standen Zahlen, Abmessungen, Kommentare in Rot, Anmerkungen in Schwarz. Alles mit der gleichen peniblen winzigen Handschrift gesetzt, die zu den überaus geraden Linien passte. Mehr konnte ich nicht erkennen, denn Pierre faltete das Blatt rasch wieder zusammen und schob es unter seinen rostroten Pullover. Dann presste er den Einband behelfsmäßig gegen den Buchblock, stellte den beschädigten Schmöker zurück ins Regal und zog mich hoch. Er schnappte sich einen «Lucky Luke»-Comic und ging schnurstracks zur Kasse.

Ich folgte mit zitternden Knien und blieb mit offenem Mund hinter ihm stehen, während er Geld aus den

Taschen seiner Manchesterhose – er schien nur diese eine zu besitzen – kramte. Obi-Wan Kenobi lugte durch seine runde Nickelbrille und schien Pierre mit seinem Blick zu durchbohren.

Er hatte uns ertappt! Ich wollte schon losrennen, als der Alte sagte: «Ah, ‹Arizona 1880›. Der erste Band von Morris. Da ist dein Geld aber gut angelegt.»

Er zwinkerte und mir rutschte das Herz in die Hose, während er die drei Franken nahm, die Registrierkasse klingeln ließ und das Geld scheppernd in der Münzschublade landete.

Das war im Herbst fast ein Jahr zuvor. Seitdem war Pierre besessen von der Idee, den Flugapparat auf der Skizze nachzubauen. Im Winter hatten wir Pläne geschmiedet, überlegt, wie wir es am besten angehen würden, woher wir das Material besorgen sollten: die Weidenhölzer, die Tragflächenbespannung, Schrauben und Werkzeug. Wir hatten uns darauf geeinigt, meinen Großvater einzuweihen, da er früher Schreiner von Beruf gewesen war und neben dem Schuppen noch immer einen kleinen Schopf besaß, in dem er Balken und Bretter lagerte. Wir wurden uns aber nicht einig darüber, ob wir ihm auch den Plan aus dem Antiquariat zeigen sollten. Pierre hatte Angst, dass der Diebstahl auffliegen, noch mehr aber, dass das brüchige Papier Schaden nehmen könnte. Jedes Mal, wenn wir die Skizze auseinanderfalteten, blieben kleine Fetzen an den Händen hängen. Ich schlug vor, auch in dieser Sache Großvater um Rat zu fragen.

«Erwachsene», sagte Pierre, «die wollen einem doch immer alles verbieten. Dein Großvater wird auch keine Ausnahme sein.»

«Ist er doch. Wenn wir ihn darum bitten, dann verrät er uns nicht. Er weiß bestimmt, was wir tun müssen.»

Keine Ahnung, warum Pierre schließlich nachgab. Vielleicht, weil Sarah auftauchte und sagte, dass es besser sei, einem Erwachsenen zu vertrauen, der immerhin wisse, wie man mit Holz umgehe, als das ganze Dorf zu durchstöbern, oder nur deshalb, weil die Zeichnung schon einige Bruchstellen aufwies und bald ganz auseinanderfallen würde.

Wir vertrauten ihm also unseren Plan an. Außer ihm und Sarah, der ich kein Geheimnis vorenthalten und der Pierre nichts abschlagen konnte, erzählten wir niemandem etwas über unser Vorhaben.

Ich kannte Großvater bisher nur als murrenden alten Mann, der außer einem gelegentlichen Grunzen kaum ein Wort über die Lippen brachte. Nachdem meine Großmutter gestorben war und wir von Basel nach Langenbruck gezogen waren, schwieg er mich und meine Eltern konsequent an, sogar beim Abendbrot. Wenn er etwas wollte, das Salz zum Beispiel, zeigte er nur mit dem Finger darauf. Es war dann an uns, zu erraten, was genau er damit meinte. Vater sagte mir eines Abends, als Großvater schon in sein Mansardenzimmer verschwunden war, ich müsse seine Laune verstehen, er habe halt Großmutter sehr geliebt und ihr Tod mache ihn sehr traurig. Sie hätten sich schon seit ihrer Jugend gekannt, der Bauernsohn Alfred und Margrit, die Tochter des wohlhabenden Seidenfabrikanten. Großvater wohnte direkt unter dem Dachgeschoss, meine Eltern hatten sich im ersten Stock einquartiert, und mein Zimmer im Parterre war früher Großvaters Büro der «Schreinerei Alfred Aebi» gewesen. Nur ein alter, wuchtiger Eichenschreibtisch mit Wurmlöchern, der links und rechts auf zwei breiten Unterschränken mit Schubladen ruhte, die nur mit Gewalt aus ihren Halterungen zu bewegen waren, wurde in meinem Zimmer belassen. Er war einfach zu schwer, um ihn in den obersten Stock zu hieven.

Trotz seiner Maulfaulheit mochte ich Großvater. Umgekehrt schien ebenso Sympathie vorhanden zu sein, denn zum Gruß zwinkerte er mir oft zu, dass seine weiße, buschige Augenbraue fast seine Nase berührte.

An einem kalten, schneeverwehten Wintertag, als meine Eltern zum Weihnachtsmarkt in die Stadt fuhren, fragte ich ihn schließlich, ob er uns beim Bau eines Flugzeugs helfen könne. Ich streckte ihm unsere Skizze entgegen. Er nahm sie mir wortlos aus den Händen, ganz vorsichtig, ohne auch nur ein Krümelchen abzureiben. Und das mit seinen riesigen Händen, die mühelos einen Suppenteller umspannten. Er kniff die Augen zusammen, drehte sich zum Fenster, ging ein paar Schritte – und ich befürchtete schon, er würde mit dem Plan verschwinden –, als er sich mir wieder zuwandte und sagte: «Ich helfe euch. Aber ihr dürft nie versuchen, mit diesem Ding zu fliegen.»

Das sollte er immer wieder verlangen, aber nie wieder mit einem so eisigen Blick wie an diesem Tag. Ich hob die rechte Hand zum Schwur. Großvater grunzte abwehrend und zeigte auf den Schreibtisch. Mach Platz, sollte das heißen. Schulterzuckend gehorchte ich und trat zum Fenster, sah hinaus. Die Wolken hingen so tief, dass sie den Oberen Hauenstein zu berühren schienen. Großvater öffnete die unterste Schublade und zog ein Zeichenbrett hervor.

«Vergrößert den Plan, dann geht das Bauen einfacher», brummte er und kletterte die Stiege hinauf.

Selbst damals bemerkte ich, dass seine Schritte schneller und leichter wirkten als in den Monaten zuvor.

Pierre gegenüber erwähnte ich zwar Großvaters Bedenken, was dieser mit einem «Erwachsene» kommentierte, auch die Sache mit dem Zeichenbrett, meinen Schwur aber behielt ich für mich.

In den kommenden Wochen ließ uns Großvater keine Sekunde aus den Augen. Während wir in seinem Schopf werkelten, versorgte er uns mit guten Tipps, sägte Holz, weil er uns nicht an seine Kreissäge lassen wollte, deren mit Rostflecken verzierten, tellergroßen Blätter aussahen wie Pippi Langstrumpfs Gesicht am Strand des Taka-Tuka-Landes.

Und er wurde von Tag zu Tag gesprächiger.

Doch heute, an diesem schwülheißen Augusttag, der uns den Schweiß aus den Poren trieb, war Großvater zu seiner alten Schweigsamkeit zurückgekehrt. Dabei hätte er sich freuen sollen! Denn endlich war er fertig: der Lilienthal-Gleiter Typ 11. Stattdessen blickte er zum Taleingang und murmelte einige unverständliche Worte. Auch Pierre schaute kurz hoch und kniff die Augen zusammen. Von Richtung Waldenburg waren schwarze Wolken aufgezogen, der Taleingang war bereits ganz verhangen. Vom Hauenstein her war ein bedrohliches Grummeln zu hören, das allerdings nicht von Großvater stammte. Der blickte nur. Eiskalt. Wie an dem Tag, als er uns den Plan gerettet hatte.

Wir hatten den Hängegleiter früh am Nachmittag aus Großvaters Schuppen gezogen, als meine Mutter ins Stedtli nach Liestal fuhr, um einzukaufen. Und selbst als Vater früh von seiner Arbeit in Basel nach Hause kam, hatten wir an unserer Konstruktion weitergebastelt. Aber er interessierte sich nicht dafür, was wir hinter dem Haus so trieben. Er hatte keine Zeit für uns Kinder und war vollauf mit seiner beruflichen Tätigkeit als Versicherungskaufmann beschäftigt, obwohl er eigentlich vor zwei Jahren schon hätte in Pension gehen können.

Pierre zog einen krummen Nagel aus einem der Peddigrohrstreifen.

«Wir müssen uns beeilen», sagte er.

Ich nickte, sah aber auf meine Uhr, ob nicht Sarahs Klavierstunde endlich aus wäre. Ich fragte mich, ob Spider-Man in so einem Fall nicht auch auf Mary Jane gewartet hätte. Doch die Wolken waren jetzt bereits über der Ebene und hingen oberhalb der Fraurütti, von der wir hinabsegeln wollten.

Die ganzen Sommerferien über hatten wir an unserem Lilienthal gearbeitet. Im Winter hatten wir versucht herauszufinden, was nötig war, um unser Vorhaben in die Realität umzusetzen. Wir hatten die Pläne hier und da entsprechend den Bemerkungen variiert, mit Sarahs Hilfe in den Frühlingsferien die handschriftlichen Notizen eingearbeitet, dann den Plan noch einmal, diesmal maßstabsgerecht, vergrößert und die Zeichnung gerahmt, diskutiert, ob wir Gleiter und Plan dem Hausmeister der Bider-Baracke nach Fertigstellung schenken sollten. Denn dieser war laut Großvater ein Aviatikfanatiker und an allem interessiert, was Flügel hatte. Pierre war hin- und hergerissen, dachte daran, den Plan einfach vor die Tür des Antiquariats Koechlin zu legen oder danach zu verbrennen. Er hatte noch immer ein schlechtes Gewissen.

«Kauf doch einfach das ganze Buch, dann hättest du den Plan ja ohnehin bekommen», sagte ich ihm, aber er wischte diesen Vorschlag mit einer Handbewegung beiseite. Vielleicht dachte er, es müsste ein Vermögen wert sein.

Sarah konnte uns nach den Frühjahrsferien nicht weiter helfen, was Pierre anscheinend ganz recht war. Sie war nach Ostern ins Internat in Schiers eingetreten und würde uns nur noch an den Wochenenden besuchen kommen, und vielleicht nicht mal an denen. Mir schnürte es die Kehle zu, wenn ich daran dachte. Deshalb war ich ganz froh, neben der Schule eine Beschäftigung zu haben, die mich zeitlich so stark beanspruchte, dass ich gar keine Zeit für sinnlose Gedanken hatte.

Als Erstes hatten wir uns Holz und die Bespannung besorgt, wobei unser hart erspartes Weihnachts- und Taschengeld besorgniserregend rasch dahingeschmolzen war. Wir hatten sogar fast gänzlich auf Colafrösche und Zehnermoggen verzichtet. Trotzdem staunten wir Bauklötze, als wir zum ersten Mal die Preisschilder auf den biegsamen Weidenhölzern im Baumarkt gesehen hatten. Zum Glück hatten wir noch einen Bestand guter Hölzer in Großvaters Schuppen gefunden, so dass wir in dieser Zeit – was die Nascherei betraf – nicht ganz vor die Hunde gingen.

Pierre grinste, als er den letzten Nagel einschlug.

«Eine Flugmaschine zu erfinden bedeutet wenig, sie zu bauen schon mehr, aber sie zu fliegen, das ist das Entscheidende», flüsterte er. Was mich nicht erstaunte, denn es war nicht das erste Mal, dass er dieses Motto zitierte.

«Lilienthal», brummte Großvater aus dem Hintergrund, der wohl bessere Ohren hatte, als von Pierre vermutet.

Pierre nickte triumphierend.

Großvater schaute mir fest in die Augen. Warm dieses Mal und warnend.

Ich zuckte mit den Schultern und zeigte auf die Wolken am Taleingang.

«Wenn wir uns beeilen, schaffen wir es noch vor dem Regen», flüsterte mir Pierre zu, diesmal mindestens ein Dezibel leiser.

Großvater nahm den Stumpen aus dem Mund und warf ihn hinter sich auf den Boden. Er stand ächzend auf, um eine neue Zigarre aus seinem Vorrat zu holen, den er vor meinem Vater im Schuppen versteckt hielt.

Wieder hörten wir das Donnerrollen.

«Lass uns fliegen», zischte Pierre dem noch hinter den Bergen liegenden Inferno entgegen. Und ich fotografierte ihn. Sein Grinsen vor dem drohenden Himmel, die Hand theatralisch zum letzten Hammerschlag erhoben, der eigentlich längst geschlagen war.

Heute war der letzte Tag der Sommerferien. Der letzte für Pierre. Am Montag würde er seine Lehre als Zeichner bei Wirz in Liestal beginnen und schon am Wochenende bei seinem Onkel in Bubendorf einziehen.

Es knatterte. Doch was wie schnelle Donnerschläge klang, war Sarah auf ihrer uralten Sachs.

Der Motor des Mofas röchelte, als sie in den Leerlauf schaltete, ihr blondes Haar verweht, als hätte sie im Windkanal gestanden.

«Was macht der Apparat?», fragte sie heiter.

«Geht so», sagte Pierre mürrisch. Er mochte es nicht, wenn er bei der Arbeit gestört wurde.

«Wir starten heute Nachmittag», sagte ich mit leuchtenden Augen und erntete wieder einen scharfen Blick, diesmal von Pierre.

«Darf ich zusehen?», fragte Sarah.

«Nein», kam es prompt von Pierre.

«Ihr könnt den Apparat doch gar nicht alleine durchs Dorf schleppen. Ich helfe euch!»

Pierre starrte angestrengt auf seine Verstrebungen. Heute frage ich mich, ob er nur verbergen wollte, wie sehr er Sarah mochte, obwohl sie so eine Dauerwellentussi war. Mit viel Technikverständnis, was selbst er zugab.

«Klar kann sie helfen», sagte ich etwas zu laut.

Pierre brummelte wie Großvater.

«Heißt das ja?», fragte Sarah. Ihre Augen leuchteten hell wie der Fleck Himmel, der noch zwischen den schwarzen Wolken hervorlugte. Pierre nickte. Ohne ein weiteres Wort stand er auf, wischte sich den Staub von seiner braunen Manchesterhose und reckte den Hals.

Eine Brise ließ die Ärmel ihres rot karierten, viel zu großen Hemdes flattern. Sarah wischte sich die Haare aus den Augen.

Großvater trat mit einem rauchenden Stumpen im Mund aus dem Schuppen

«Ihr dürft nicht fliegen», sagte er. Doch nur ich konnte ihn verstehen, wenn er seinen Stumpen im Mund hatte. Auf jeden Fall machten weder Pierre noch Sarah Anstalten, etwas zu erwidern. Also hielt auch ich meinen Mund.

«Guten Tag, Herr Aebi», sagte Sarah. Dann hatte sie sich schon wieder Pierre zugewandt.

«Wir bringen den Apparat rauf zur Bider-Baracke», sagte Pierre nervös. Er verschwand unter dem rechten Flügel und tauchte gleich danach in der Aussparung in der Mitte des Apparats wieder auf und hob das Gerüst langsam hoch. Der linke Flügel wurde gegen den Boden gedrückt. Rasch hob ich ihn an. Der Gleiter kippte nach rechts. Sarah ließ die Sachs fallen und spurtete hinter die Tragfläche. Zu dritt konnten wir den Lilienthal anheben.

Großvater, der noch immer im Eingang des Schuppens stand, machte einen Schritt auf uns zu, aber wir hatten uns schon in Bewegung gesetzt. Die Fledermausflügel wippten auf und ab, und als wir uns nach rechts drehten, tat Großvater einen Schritt zur Seite, um der Schwanzflosse auszuweichen.

Pierre erhöhte das Tempo.

«Denk an dein Versprechen», hörte ich Großvater noch hinter mir herrufen.

Wir schoben und hievten das wippende, knarrende Fluggerät durch die Dorfgasse in Richtung Allmend, bis wir die Kreuzung erreicht hatten. Zur Bider-Baracke hätten wir links abbiegen müssen, stattdessen hielten wir uns rechts.

Ich traute mich nicht, mich nach Großvater umzusehen. Würde er uns folgen? Und selbst wenn nicht, würde er dennoch den Gleiter nicht auf dem Weg sehen, der zur Baracke hinaufführte.

Wir mussten den Gleiter hochkant durch die schmale Gasse neben dem Gasthof Kreuz balancieren, weil die Straße nicht so breit war wie die Spannweite der Flügel. Bevor wir die Hauptstraße überquerten, hielten wir einen Moment an. Ich schwitzte wie Chief Brody, als er dem Weißen Hai die Druckluftflasche zwischen die Zähne rammte. Ich wäre in diesem Moment viel lieber mit den anderen Kindern im Dorfbrunnen baden gegangen. Über dem Asphalt flirrte die heiße Luft vor dem nahenden Sommergewitter, das Dorf schien wie ausgestorben. Gegenüber dem «Kreuz» führte die Straße in einer schmalen Rechtskurve zur Kirche, so dass unser Flugapparat vom oberen Dorfteil aus nicht zu sehen war. Gerade als wir, den Gleiter in der engen Gasse wieder senkrecht gestellt, in Richtung Hausmatt gingen, trat ein Mann aus der Gartenlaube des Gasthofs, doch er drehte sich nur kurz zu uns um und ging in Richtung «Ochsen» davon.

Hätte er genauer hingesehen, hätte er sich bestimmt gewundert: eine riesige Fledermaus mit sechs Füssen, die wippend die schmale Kirchgasse hinaufsteigt, vorbei am Pfarrhaus, das an der Straße kauerte, umgeben von Wiesen mit Pferden. Ständig mussten wir aufpassen, dass die Bespannung nicht an den Rosensträuchern entlang dem Pfarreigarten zerriss. Unter einem dichten Eichenbusch grasten drei Ziegen. Sie drehten sich nicht einmal nach uns um, als wir quietschend und keuchend den Schotterpfad hinaufstiegen. Auf Höhe des Erikawegs verließen wir den Pfad und kämpften uns durchs frisch gemähte Gras zur Oberen Fraurütti. Jetzt wurde es erst richtig steil, und meine Beine brannten, weil ich immer ein wenig in die Hocke gehen musste, damit Pierre durch die Öffnung sehen konnte und der Flügel auf Sarahs Seite nicht abbrach. Dann verschwand mein Fuß in einem Kaninchenloch. Ich stolperte, fing mich gerade noch, aber meine Flügelhälfte schrammte über das Gras. Grüne Streifen zeichneten ein Muster auf die Leinwand.

«Pass auf!», rief mir Pierre erschrocken zu, und ich fluchte, weil der Trageriemen der Canon mich erwürgen wollte. Mir wurde schwarz vor den Augen, und ich schloss sie für einen Moment. Da meinte ich, Großvater rufen zu hören: «Fliegt nicht!» Ich öffnete meine Augen wieder und drehte mich um. Aber da war niemand. Trotzdem blieb mir seine leise, aber eindringliche Stimme im Ohr. Dann rauschte der Wind über den Hang und die Stimme war weg.

Einige Minuten später hatten wir den Waldrand der Oberen Fraurütti erreicht.

Der Brief,
Langenbruck im Juli 1980

Großvater zog an der Villiger und blies den Rauch in Richtung Hausmatt. Pierre hatte sich vor ihn hingesetzt und zeichnete Kreise in den Staub.

«Und Sie sind wirklich Bider begegnet?», fragte er, seine Augen zusammengekniffen, als traue er dem alten Mann nicht.

«Rechne nach», erwiderte Großvater mit einem Schmunzeln im Gesicht. «Ich bin jetzt 82 Jahre alt. Als Bider von hier wegzog, war ich zehn. Warum sollte ich ihm also nicht begegnet sein? Langenbruck war selbst damals keine Großstadt. Ich bin mit ihm um die Häuser gezogen, wie ihr Jungen so schön sagt.»

Großvater verzog sein Gesicht zu einem Grinsen, sog aber sofort wieder an der Villiger, dass die Wangenknochen spitz hervorstanden, einem Totenschädel nicht unähnlich. Diesmal blies er den Rauch direkt in Richtung Pierre. Der wedelte mit den Händen, um die Qualmwolke zu einem anderen Verlauf zu zwingen.

«Aber Langenbruck war doch immerhin ein berühmter Kurort», warf Sarah ein. Sie saß im Schneidersitz zwischen uns Jungs. Ihre hellblauen Jeans hatten über ihrem Knie einen braunen Streifen, weil sie einen rostigen Nagel daran abgewischt hatte. In ihrem Haar hatte sich Sägemehl verfangen, aber ich traute mich nicht, es ihr wegzuwischen. Großvater kicherte wieder, diesmal heiser.

«Und ob. Ein reicher Kurort. All die Geldsäcke aus der Stadt kamen hierher, um sich wiederherzustellen. Dabei wollten sie eigentlich bloß ihren Schmuck und ihre teure Garderobe ausführen.»

«Und waren die Biders selbst auch reich?» Diesmal war ich es, der fragte. Wieder ein Kichern von Großvater, das in ein Husten überging. Wir Jungen sahen uns an und zogen die Augenbrauen hoch. Nie würden wir rauchen.

«Biders Vater war Tuchhändler und als Landrat auch politisch aktiv. Er führte einige Jahre lang auch das berühmte Kurhaus. Jedenfalls mussten weder Oskar noch seine Schwester wirklich hart arbeiten. Wer damals Flugzeuge flog, der war nicht arm, der musste es sich leisten können.»

Pierre stand auf, um eine Bremse zu verscheuchen, die vor seiner verschwitzten Stirn hin und her brummte, setzte sich aber sofort wieder hin. Dabei wirbelte er Staub auf, so dass auch wir nun alle husteten. Seine schwieligen Hände verschwanden wieder in den Taschen seiner Manchesterhose.

Wir hatten den ganzen Tag Weidenhölzer gesägt und Schnüre gespannt. Der Gleiter glich in dieser Phase einem Skelett aus der Urzeit, erst die Bespannung würde ihm Form verleihen. Wir arbeiteten wie die Besessenen. Nur wenn meine Kehle ausgetrocknet war und die Sonne zu sehr auf meine Kopfhaut stach, holte ich uns eine gekühlte Rivella-Flasche aus dem Haus, und wir setzten uns im Kreis, um Großvaters Geschichten zu hören. Dann zündete er sich genüsslich einen seiner Sargnägel an, ließ sich dabei viel Zeit und uns Kinder im wahrsten Sinne schmoren, bis er genussvoll die Augen schloss und zu erzählen begann.

Sarah schürzte die Lippen.

«Sie sind aber jünger als Bider, nicht?»

«Ah, die kleine Lady glaubt mir nicht, dass ich mit ihm befreundet war.» Seine schmalen Augen waren unter den buschigen Augenbrauen kaum zu erkennen.

Als Sarah mit den Schultern zuckte, stand Großvater auf und verschwand im Schuppen. Ich hörte, wie er in der sonst verschlossenen Reisetruhe hinter der Hobelbank kramte und dabei stumpfe Laute von sich gab. Das kam wohl daher, dass er die Zigarre noch immer im Mund stecken hatte. Ich hatte mich schon oft gefragt, was sich in dem alten Überseekoffer befinden mochte. Er konnte kaum Großvater gehört haben. Soviel ich wusste, hatte er das Land noch nie verlassen. Als er schließlich zurückkam, hielt er einen verblichenen Umschlag in der Hand, mit dem er den Rauch vor seinem Gesicht wegwedelte.

«Ein Brief von Bider an seine Schwester», sagte er nicht ohne Stolz, als er endlich die Zigarre aus dem Mund genommen hatte.

«Und was steht drin?», fragte Sarah wie aus der Pistole geschossen.

Großvater brummte und überreichte ihr das Couvert. Sarah drehte es in ihren Händen hin und her.

«Der Brief ist ja noch verschlossen», sagte sie leise.

«Hmmhm», murmelte Großvater, «ich hatte keine Gelegenheit, ihn abzuliefern.»

Pierre beugte sich zu Sarah hinüber und ich hielt den Atem an, als er sich dabei mit seiner Hand leicht auf ihrem Schenkel abstützte.

«An meine liebe Leny!», las er vor.

Großvater nahm den Umschlag wieder an sich und ging auf die Hobelbank zu.

«Genug geredet», sagte er, «wir sollten weitermachen. Sonst werden wir nie fertig.»

Zu diesem Zeitpunkt verstand ich sein Interesse an unserem Gleiter nicht. Pierre und ich waren doch bloß zwei Träumer in der Bastelstunde. Je aktiver Großvater aber mitgestaltete, desto konkreter wurde das Vorhaben. Der Gleiter hatte inzwischen eine stattliche Größe und bald mussten wir ihn hochkant durch die Tür des Schuppens bugsieren.

Manchmal tuschelten Großvater und Sarah miteinander. Ich hörte Sarah flüstern: «Wenn wir die beiden Weidenhölzer verleimen und fixieren und dann mit Hanfschnur straff umwickeln, dann bricht das Holz auf keinen Fall an dieser Stelle.» Großvater zwinkerte ihr dabei zu. Sie mussten aufpassen, dass Pierre davon nichts mitbekam, denn er traute nur seinen eigenen Eingebungen. Aber Sarah verstand es, beiläufige Bemerkungen zu machen, die Pierre als vermeintlich eigene Ideen weiterverfolgen konnte.

Ich verstand zu diesem Zeitpunkt gar nichts. Ich erhielt Anweisungen von allen Seiten, die ich geflissentlich ausführen wollte. Längst war es nicht mehr mein Gleiter, ich hatte die Übersicht über die Details verloren. Aber aufgeben wollte ich nicht. Die Bauarbeiten gaben mir Gelegenheit, in Sarahs Nähe zu sein.

Großvaters Augen leuchteten, wenn er Hölzer sägte, er hatte eindeutig den Ehrgeiz entwickelt, die Fledermaus flugtauglich zu machen. Er wollte unter keinen Umständen, dass wir damit flogen, aber er wollte, dass der Gleiter dazu fähig war. Er kontrollierte akribisch jeden unserer Arbeitsschritte, wobei er sich im Hintergrund hielt und nur dort eingriff, wo es ihm geboten schien. Ich weiß nicht, woher er seine aviatischen Kenntnisse hatte, vielleicht las er Bücher oder Artikel darüber, jedenfalls murmelte er eines späten Nachmittags, als wir die Sägespäne auf dem Vorplatz weggewischt hatten: «Mit unserer 90-jährigen Fluggeschichte und Aerodynamikerfahrung könnte man sogar einen Lilienthal-Gleiter noch verbessern.»

Ich nahm ihn in den Sucher der Canon. Sein faltiges Gesicht straffte sich für einen Moment, als er mir zulächelte, und ich sah den jungen, von Tatendrang erfüllten Alfred Aebi vor mir.

Die Begegnung,
Langenbruck, 29. April 1913

Alfred und Margrit gehen stumm nebeneinander. Er würde ihr so gern erzählen, wie er am Sonntag den Aeroplan in Liestal festgehalten hatte, aber er bringt die Worte nicht über seine Lippen. Eigentlich hatte er sie nach der Schule nur nach Hause begleiten wollen, aber jetzt gehen sie auf der saftigen Wiese an der Oberen Frenke entlang in die entgegengesetzte Richtung. Der Himmel ist blau und die Sonne lässt die Blüten der Obstbäume leuchten. Das Gras ist schon wieder gewachsen, und Alfred weicht den weißen Gänseblümchen und farbenfrohen Primeln aus, um sie nicht zu zertrampeln. Die herzförmigen Blätter der Fliederbüsche sind bereits ganz geöffnet, die der Obstbäume sind fast so weit. Gelb leuchtet der Hahnenfuß auf dem Wasser der Frenke, die zufrieden vor sich hinmurmelt.

Die Zeit steht still.

Dann ein Windhauch, kein starker, aber ein kühler, und Margrit zieht die Strickjacke fester um ihren Körper. Wie gerne hätte er sie in diesem Augenblick mit seinen Armen umfasst, um sie vor dem Frösteln zu schützen. Aber sie baumeln am Körper herab, viel zu lang, wie es ihm scheint, so nutzlos. Er sieht auf seine Hände, die er um nichts in der Welt dazu bringen kann, sich in Margrits Richtung zu bewegen, um ihre kleine Hand zu ergreifen, die jetzt auf der Höhe ihrer Brust liegt, und mit ihr in großen Sprüngen bis ins Tal hinabzurennen.

Dann hört er von fern die Glocken. Zwölf Uhr. Die Mutter würde mit dem Essen warten. Er schaut zurück. So weit sind sie schon gegangen, das Kurhaus liegt schon hinter ihnen, die Grenze zu Waldenburg ist fast erreicht. Aber er kann jetzt nicht sagen, «kehren wir doch um», nicht in diesen innigen Moment hinein. Margrit scheint sich an den Glocken nicht zu stören, sie geht einfach weiter, als er langsamer wird, und er muss zwei schnelle Schritte tun, um sie wieder einzuholen.

Dann bleibt sie stehen.

Vor ihnen, auf einem noch jungen Zwetschgenbaum, dessen Blüten weiß strahlen, sitzt ein brauner Schmetterling. Seine Flügel offen und ruhig, als sonne er sich.

Margrit dreht sich zu ihm um.

«Wie stellst du dir die Zukunft vor, Alfred?»

Auf diese Frage ist er nicht gefasst. Sie reißt ihn aus seinem Tagtraum. Schon am Monatsende würde er die Schule verlassen, um in Liestal eine Lehre als Schreiner anzufangen. Wusste das Margrit nicht, oder hat er vergessen, es ihr zu sagen? Möglich wäre es. Er redet ohnehin nicht viel, wenn er mit ihr zusammen ist. So bleibt all das, was er ihr hätte erzählen wollen, ungesagt.

Der Schmetterling fliegt auf. Margrit folgt seinem Flug, dreht sich um, steht Alfred unvermittelt gegenüber. Er muss jetzt etwas sagen, aber ein Kloß steckt tief in seinem Hals. Da löst Margrit ihre Arme von der Strickjacke und fasst Alfreds Hände. Jetzt pocht sein Herz so laut, dass es Margrit hören muss. Ein heißer Strahl schießt ihm in den Kopf, der zu zerspringen droht.

«Wirst du mich einmal besuchen kommen, wenn du im Stedtli wohnst?»

Sie weiß es also doch.

Er stammelt einige selbst für ihn unverständliche Worte, die aber im lauten Geknatter eines aufheulenden Motors untergehen.

Margrit lässt augenblicklich seine Hände los. Erschrocken und mit weiten Augen schaut sie sich um.

Auf der Straße nach Waldenburg, ein paar Meter oberhalb der Wiese, fährt ein Automobil vor. Die Steigung nach dem Spittel lässt den Motor aufjaulen. Dann ein Knall und der Lärm erstirbt.

«Verfluchter Mist!» Jetzt ist die Männerstimme nur noch undeutlich zu hören, vermutlich, weil die Person, der sie gehört, auf die andere Seite der Straße gegangen ist.

Alfred und Margrit sehen sich an. Dann rennen sie zur Straße hin, wo das Automobil steht. Seine Scheinwerfer sehen aus wie große, runde Augen, und aus seiner Nase steigt Rauch.

Alfred kann auf den ersten Blick niemanden entdecken, plötzlich schnellt ein Kopf hinter der seitlich aufgeklappten Motorhaube hervor und schaut missmutig mit schmalen Augen in die Gegend. Alfred stockt der Atem. Dieser Kopf gehört zu einem Mann, den er erst vor zwei Tagen in Liestal kennengelernt hat.

Saniez.

Er ruft etwas, das Alfred nicht versteht. Ein Schwall französischer Laute, die nicht danach klingen, als wäre deren Urheber besonders gut gelaunt. Alfred duckt sich. Aber Margrit hält sich die Hände vor den Mund und kichert. Dann schiebt sie ihre Hand in Alfreds. Schon taucht ein weiterer Kopf hinter der gelben Abdeckung auf. Grau karierte Mütze, die Brille bis über den Rand hochgeschoben. Sein Blick wie der von Saniez verärgert. Schnell hellt sich aber seine Mine auf, als er zu ihnen hinüberblickt. Zwei Dorfkinder am Straßenrand. Alfred lässt Margrits Hand los.

«Ah, der kleine Aebi Alfred. Du kommst wie gerufen.»

Er geht um die rötlich-braune Karosse und steht vor dem Reserverad, das an der Tür der Fahrerseite angebracht ist. Galant zieht er die Mütze und grüßt Margrit: «Wie schön, den starken Alfred in solch charmanter Gesellschaft zu sehen.»

Margrit errötet, wirft dann aber einen energischen Blick auf Alfred. Aber dessen Kloß ist keineswegs gewichen.

«Oskar Bider», stellt sich Bider gleich selbst vor.

«Wir kommen aus Liestal, um einen Landeplatz in Langenbruck zu inspizieren. Wir wollen am Nachmittag hierherfliegen. Wunderschönes Flugwetter heute. Aber leider streikt der Karren.» Bider wirft einen wütenden Blick auf die qualmende Motorhaube.

«Wasser», mischt sich Saniez ein. «Wir brauchen nur etwas Wasser, damit bekomme ich ihn wieder flott.»

Bider schmunzelt. «Mein Chefmechaniker bekommt jeden Motor auf Hochtouren. Ich hoffe, in der Luft raucht es nie so.»

Saniez schüttelt energisch den Kopf.

Bider nimmt seine Mütze ab und reicht sie Alfred.

«Holst du mir etwas Wasser aus der Frenke?»

Alfred nickt eifrig. Nichts würde er lieber tun, als Bider behilflich zu sein. Höchstens vielleicht Margrits Hände halten. Vielleicht.

Emsig verschwindet er. Als er zurückeilt, rinnt das Wasser durch den feldgrauen Mützenstoff, und er hat Angst, auch den Rest noch zu verschütten. Aber zum

Glück bleiben zwei Fingerbreit in der ovalen Kopfbedeckung übrig, als er bei Bider ankommt. Saniez hat in der Zwischenzeit den Kühlverschluss geöffnet und lässt das verbleibende Wasser einlaufen.

«Hoffen wir, das gute Frenkenwasser hilft», sagt Bider. «Danke, Aebi Alfred, du bist immer zur Stelle, wenn ich dich brauche.»

Alfred spürt, wie ihm erneut die Röte ins Gesicht schießt. Hoffentlich bemerkt Margrit seine Flecken nicht, die vermutlich noch stärker als eben unter dem Birnbaum leuchten.

Saniez kurbelt den Motor an. Als er anspringt, steigen die beiden wieder ein. Aber das Automobil will nicht so richtig anrollen, da die Straße an dieser Stelle stark ansteigt.

«Schieb», ruft Saniez Alfred zu, «aber pass auf, dass du nicht unter die Räder kommst, wenn der Wagen zurückrollt.»

Alfred springt zum Heck und schiebt, was die Muskeln hergeben. Langsam nimmt das Automobil Fahrt auf.

«Wollt ihr mit?», ruft Bider ihnen zu.

Margrits Augen werden groß, noch größer, als Alfred sie bei der Hand nimmt, sie dann mit seinen Tellerhänden um die Hüften fasst und sie so leicht, als wäre sie eine Feder, auf das Trittbrett hebt. Dann steigt er selber auf, öffnet die Tür und beide fallen in das Leder der Rücksitze. Alfreds Kopf liegt einen kurzen Moment auf ihrem Bauch und es fühlt sich richtig an. Aber dieses Gefühl verschwindet, als er sich vorstellt, wie sie beide mit erhobenen Köpfen zusammen mit Bider in die Hauptstraße von Langenbruck einfahren würden.

Das Versprechen,
Langenbruck im Sommer 1980

Die glutrote Spitze der Villiger vollführte Kreise im Halbdunkel und hinterließ Lichtspuren wie Luke Skywalkers Laserschwert. Großvater saß im hinteren Teil des Schuppens, und sein Gesicht war kaum mehr zu erkennen, nur der weiße Bart schimmerte immer wieder silbrig auf, wenn er vom Schein der Glut berührt wurde, was ein leichtes Funkeln auf sein runzliges Gesicht zauberte.

Sarah saß mir gegenüber im Schneidersitz, ihr Gesicht in den Händen aufgestützt, die Augen auf Großvaters Tellerhände gerichtet, die im Dämmerlicht dieselben Kreise wie die Glutspitze vollführten.

«Leichtsinn», sagte er grummelnd, «bringt die besten ins Grab. Wie den Bider. Der wurde von Freunden zu einem fröhlichen Abend eingeladen. Und am frühen Morgen des 7. Juli 1919 ließ er sich dann dazu überreden, eine Akrobatiknummer vorzuführen.» Großvaters Hände waren nun über seinem Kopf erhoben, ich hatte schon Angst, die glühende Villiger würde ins Stroh fallen und den Schuppen mitsamt dem Gleiter abfackeln. Aber ich erinnerte mich daran, wie er uns vor ein paar Monaten vor einem Brand bewahrt hatte. Dann senkte er Hände und Stimme und fuhr fort: «Viel ist über dieses Unglück geredet worden. Man erzählte sich, es sei gar kein Unfall gewesen, der Bider habe sich den Fliegertod gegeben, also Selbstmord begangen. Wegen irgendeiner Frauengeschichte.» Großvater schüttelte den Kopf, dass der Schatten seines Bartes wie ein Putzlappen über das Holz der Scheunenwand fuhr. Er gluckste. Die Villiger noch im Mundwinkel, fuhr er fort: «Er soll gar nicht betrunken gewesen sein.» Jetzt kicherte er, es klang wie das Lachen des weisen Yoda. «Als hätte der Bider nicht gerne mal einen über den Durst getrunken.»

Er wurde von einem Hustenanfall unterbrochen. Wir hingen an seinen Lippen, wollten wissen, wie es weitergeht.

«Schlicht und einfach ist es leider Tatsache, dass er durch ein kurzes persönliches Versagen sein junges Leben verloren hat.»

Großvater strich sich den Bart glatt. Wir fragten uns, ob er seinen Bericht beendet hatte oder ob noch was folgen würde. Er senkte den Kopf, und was er dann sagte, konnte ich nur schwer verstehen.

«Nur Stunden später hat sich seine Schwester Leny das Leben genommen. Erschossen.»

Die Glutspitze war inzwischen erloschen.

«Ich konnte mein Versprechen nicht halten», sagte Großvater.

Wir wussten nicht, was wir darauf erwidern sollten. Nach einer kurzen Zeit des Schweigens wischte sich Pierre das Sägemehl von der Hose, und Sarah warf ihm einen kurzen Blick zu. Ihr Gesicht war im Gegensatz zu Großvaters noch gut zu erkennen, da sie in der Nähe der offenen Tür saß, wo noch etwas Licht des zu Ende gehenden Tages einfiel. Ihre Augen senkten sich sofort, als sie bemerkte, dass ich sie beobachtete.

Meine Eltern waren in der Basler St.-Alban-Kirche an einem Konzert und würden erst gegen Mitternacht nach Hause kommen. Pierre und Großvater hatten vor einigen Tagen die Hölzer für die Armmanschetten geschnitten, und ich hatte sie zusammen mit Sarah um ein Rohr gebogen, damit sie aushärten konnten. Jetzt verleimten und fixierten wir das Birkenfurnier, wobei ich mich dabei nicht besonders geschickt anstellte, denn wo ich den Weißleim auftrug, waren die Rohre mit hässlichen Flecken versehen. Als Sarah meine Schussligkeit bemerkte, nahm sie meine Hand und führte sie mit dem Leim über die Schnüre. Ihre Berührung ließ mir das Blut in die Wangen steigen, ich ahnte, dass mein Kopf in diesem Moment wohl einer Tomate täuschend ähnlich war.

Pierre hatte es aufgegeben, sich gegen Sarahs Hilfe zu wehren. Ich weiß nicht, was genau sein Problem war, vermutlich war er noch immer beleidigt, dass sie sich bei unserem ersten Flugversuch an der Frenke ungefragt eingemischt hatte. Dabei war das schon lange her. Letzten Herbst, als sie noch in Liestal zur Schule ging.

Sarah, Langenbruck, 17. September 1979

Pierre saß im Schneidersitz neben mir auf dem Fußboden unseres Wohnzimmers. Ich hatte die Beine ausgestreckt, was nicht sehr bequem war.

«Einen wunderschönen guten Abend, meine Damen und Herren», begrüßte uns Ilja mit seiner kieksenden Stimme. Wir hoben die Arme, denn wir wussten, was nun kommen würde.

«Hallo Freunde», rief uns Ilja zu.

«Hallo Ilja!» antworteten wir im Chor und mit uns Tausende von Fernsehzuschauern.

Pierre lachte verzückt, als Ilja seinen Spruch «Licht aus, Spot an» vom Stapel ließ. Wie immer im Jackett, heute mit schwarzer Fliege, sah er aus, wie ich mir Pierre in zehn Jahren vorstellte: schmächtig, aber zuverlässig.

«Burlesk, der Typ», sagte Pierre, worunter ich mir nicht wirklich etwas vorstellen konnte. Pierre verwendete immer diese Ausdrücke, man hätte denken können, meine Eltern seien seine. Tatsächlich verstanden sich meine Eltern und Pierre prächtig, sie konnten miteinander parlieren, dass einem schwindlig wurde. Oder eifersüchtig. Ich hielt mich da lieber an Großvater. Sein Wortschatz beschränkte sich auf die wichtigsten Ausdrücke und Grundlaute, diese waren aber zumindest unmissverständlich.

Heute Abend sahen sich meine Eltern im Theater «Leute von heute» an, so dass wir Jungs mit Großvater alleine im Haus waren.

Schon die erste Band ließ uns unsere Kauerstellung aufgeben, wir knieten nun, als die Nick Straker Band «A Walk In The Park» trällerte. Mit gefiel der Drummer mit seiner großen, runden Pilotenbrille, obwohl er nicht so oft im Bild war. Pierre fand den Typen mit der Gitarre gut, wegen seines grünen Standford-T-Shirts, wie er erklärte.

«Sarah steht sicher auf den Sänger», sagte Pierre unvermittelt.

«Wie kommst du denn darauf?», fragte ich etwas perplex.

«Na, wie der schon aussieht. Diese Wuschelfrisur, und dann sein weißes Jackett. Sieh doch, er trägt nicht mal ein Hemd drunter. Dafür dieses schnöselige goldene Kettchen. Genau Sarahs Typ.»

Ich antworte nicht. Vielleicht hatte Pierre ja recht, vielleicht gefiel ihr auch seine behaarte Brust, aber eigentlich ging uns das gar nichts an. Es hätte uns egal sein sollen, worauf Sarah steht. Wir kannten sie erst seit heute Nachmittag. Gut, in der Schule war sie mir schon öfters aufgefallen, sie hing immer mit den älteren Jungs am Ende des Pausenhofs rum. Sie beugten sich über die Lenkstangen ihrer Mofas, rauchten und kleideten sich mit engen, bunt gemusterten Hemden. Nur Sarah trug stets Jeans und Jeansjacke, darunter meist ein weißes Shirt. Manchmal blickte ich verstohlen zu ihnen hinüber. Ich und die Jungs in meinem Alter waren nicht ganz so cool, wenn wir uns in den Pausen Verfolgungsjagden lieferten, um den Mädchen zu imponieren. Denn im neuen Schuljahr war alles anders als im Jahr zuvor. Ich weiß nicht, was der Sommer mit uns gemacht hatte, es musste irgendein Virus sein, der uns angesteckt hatte. Plötzlich benahmen wir uns wie Verrückte und rannten uns mit Holzlinealen hinterher, immer darauf achtend, nicht außer Sichtweite der Mädchen zu geraten. Im Schulzimmer, wenn nicht gerade ein Lehrer anwesend war, und manchmal sogar dann, hüpften wir auf die massiven Holztische und warfen mit zerknüllten Papierkugeln aufeinander. Wie gerne hätten wir beeindruckt.

Aber gegen die Jungs mit den Mofas kamen wir nicht an. Einer auf einer schwarzen «Hercules Prima 5S» mit verlängerter Chromlenkstange sah aus wie Chris Norman von Smokie. Es gab mir seltsamerweise immer einen Stich, wenn Sarah ihren Kopf in den Nacken legte und laut loslachte, wenn Chris einen Witz zu machen schien. Sein langes, braunes Haar fiel geschmeidig auf seinen blauen Blazer, das rote Hemd weit aufgeknöpft. Zu allem Übel war Smokie zu dieser Zeit meine Lieblingsband, daher konnte ich es Sarah gar nicht krummnehmen, dass sie Chris anschmachtete.

Pierre gab mir einen Stoß in die Seite.

«He, träumst du? Sag bloß, dir gefällt dieser Quatsch?»

Tatsächlich hatte mich Chris Roberts – dieser Vorname schien mich heute zu verfolgen – in eine andere Welt versetzt: «Du sagst, du bist einsam, keiner geht mir dir» schmalzte es vom Bildschirm rüber. Inzwischen lehnten wir uns an das mit weißem Stoff bezogene Sofa, hätten aber nie zugegeben, dass wir uns am liebsten in den flauschigen Kissen geräkelt hätten. Wir saßen ohnehin schon zu gemütlich auf dem weichen Hirtenteppich, das Polster wäre aber dann doch reichlich uncool gewesen.

Chris Roberts' weinrote Jacke passte nicht ganz zu seinem grün-weiß gestreiften Shirt. Ich hätte von einem, der «Hals über Kopf verliebt» war, mehr Gespür für seine Garderobe erwartet. Doch zugegebenermaßen hätten wir die Geschmacksverirrung noch vor einem Jahr gar nicht bemerkt, denn der «Wega Color» meiner Eltern war brandneu, sein Trompetenfuß passte zur gestylten Inneneinrichtung unseres Wohnzimmers. Sie ließ einen glatt vergessen, dass man sich in einem alten Bauernhaus befand. Die rohen Bretter des Fußbodens waren frisch geschliffen, die Fugen mit Span gefüllt und versiegelt, die Täfer herausgerissen und die Wände frisch verputzt. Alles war weiß und hell, selbst wenn durch die schmalen Fenster nicht viel Licht einfiel.

«Dieses Gesäusel», entfuhr es Pierre. Noch immer konnte er der Sache zwischen Mann und Frau nichts abgewinnen. «Wann kommt endlich mal wieder 'ne richtige Band?»

Nachdem Ilja einen Sketch im Griechenkostüm absolviert hatte, kamen die Lords. «Poor Boy», wie wahr. Für einen Moment war Pierre besänftigt, und wir wippten wieder zu dem nicht ganz neuen Song mit den Füßen, sofern uns dies sitztechnisch möglich war. Doch als dann Mireille Mathieu «Zuhause wartet Natascha» trällerte, platzte ihm der Kragen: «Komm, wir gehen in den Schuppen», sagte er, «das geht ja gar nicht.»

Ich hatte eigentlich nichts gegen Mireille, mir gefiel ihr Pagenschnitt ganz gut, aber ich durfte mich vor dem schmächtigen Pierre nicht als Softie outen. Also ging ich mit. Außerdem war es das Haus meiner Eltern, ich konnte Pierre nicht einfach so in den Schuppen lassen.

«Ich glaube, Großvater ist in der Scheune», sagte ich, als wir schon im Hausflur standen und ich ein Geräusch hörte, das mich an rasselnde Ketten erinnerte. Leise öffneten wir die Zugangstür zur Scheune. Ich spähte als Erster durch die Luke. Tatsächlich schnarchte Großvater mitten in einem Haufen Stroh, in der Hand, die auf seinem Bauch lag, eine qualmende Villiger.

«Der fackelt uns noch einmal das ganze Haus ab», hatte mein Vater gesagt, und seine Bedenken waren nicht ganz unbegründet. Bisher hatte sich Großvater energisch und erfolgreich dagegen gewehrt, die Scheune räumen zu lassen, geschweige denn seinen Geräteschuppen.

«Komm, wir gehen außen rum», flüsterte ich, während ich die Tür leise schloss.

Der Schuppen war einerseits vom Hinterhaus, anderseits von der Scheune aus erreichbar. Wir gingen nach draußen auf die Hauptstraße, um dann über den schmalen Durchgangsweg neben dem Haus in den hinteren Bereich zu gelangen. Von dort traten wir ungestört in den Schuppen.

Drinnen war es stockdunkel. Großvater hatte wohl vor Urzeiten einmal ein Stromkabel vom Haus nach innen verlegt, seit der Renovierung des Haupthauses war die Elektrizitätszufuhr aber gekappt.

Wir zündeten Kerzen an, die wir noch aus der Blütezeit der Gang hier aufbewahrten. Ich verschwendete keinen Gedanken daran, dass dies genau wie Großvaters glühender Stumpen bei der örtlichen Feuerwehr Entsetzensschreie ausgelöst hätte. Aber irgendwie war es cool, im flackernden Licht unsere Heldentaten Revue passieren zu lassen, sie wurden dadurch so lebendig, wenn wir mit den Armen wichtige Gesten machten und diese durch die Schatten auf den Brettern der Schuppenwände vergrößert wurden.

Aber heute war alles anders. Wir waren keine Helden mehr, die letzte Schlacht war im Sommer verloren gegangen, so dass wir nur stumm auf den Holzblöcken saßen und uns anschwiegen. Alle Comics waren ausgelesen, wir wollten nächste Woche zusammen nach Basel fahren, um im Antiquariat Koechlin nach uns unbekannten Ausgaben von Buck Danny zu forschen.

Pierre durchbrach als erster die Stille: «Was mischt sich die Kleine auch ein. Die hat doch keine Ahnung von unseren Fliegern.»

Es war am Nachmittag gewesen. Wir hatten vor, unser neustes zusammengeleimtes Modell den Jungfernflug absolvieren zu lassen. Eigentlich bestand das Teil lediglich aus einem quadratischen, schmalen Rumpf aus Balsaholz, einem Flügel mit etwa 40 Zentimeter Spannweite, ebenso dünn wie Heckflügel und Flosse. Das Teil wurde angetrieben durch einen Propeller, der seine Umlaufenergie aus einem verdrehten Gummizug bezog. Das Highlight waren aber die Schwimmer, aus weißem Styropor geschnitten, die wir am Rumpf befestigt hatten. Wir wollten das Flugzeug vom Wasser aus starten. Unterhalb des Spittels, dort, wo sich Hauptstraße und Frenke nahe waren, gab es eine Stelle, an der die Äste der Uferböschung das Wasser stauten und so eine kleine Bucht mit wenig Strömung entstanden war. Großvater hatte mir erzählt, dass es früher in der Nähe sogar so eine Art Weiher gab, an dem sich die Dorfkinder gerne aufhielten. Der ideale Ort, um mit unseren Versuchen zu starten. Ich steckte meine Kodak Pocket Instamatic, die ich zum zwölften Geburtstag von meinen Eltern geschenkt bekommen hatte, in die Tasche meiner Niki-Joe-Jeans, und wir rutschten auf dem Hosenboden die etwa zwei Meter hohe Böschung zum Bachbett hinunter, um unser Gefährt zu Wasser zu lassen. Wir knieten uns ans Ufer. Es schwamm! Jetzt musste es also nur noch fliegen. Vorher musste ich es allerdings am Rumpf festhalten, da wir am Heck keinen Schwimmer angebracht hatten. Ich passte auf, dass ich das weiche Holz nicht mit meinen großen Händen zerdrückte. Pierre hielt den Propeller fest, damit sich das Gummiband nicht entwand.

«Stopp!», rief eine helle Stimme von oben.

Erschrocken ließ Pierre den Propeller los, der sofort lossurrte und ihm in den Daumen schnitt.

«Au!», entfuhr es ihm und er schüttelte seine Hand. Ich hielt unser Modell noch immer beim Rumpf, sonst wäre es uns entwischt, und wir hätten den Flug, sofern das Teil überhaupt abgehoben hätte, nicht entsprechend würdigen können.

Es war Sarah, die von oben gerufen hatte. Was in aller Welt hatte die hier verloren!

Während Pierre schrie und mit seiner Hand wie verrückt wedelte, wunderte ich mich über die Szene: Sarah auf ihrer orange lackierten Sachs oben an der Böschung, das Vorderrand schon halb über der Bordkante. Wir hatten das Mofa nicht kommen hören, obwohl es nicht so leise schnurrte wie die neueren Puch-Modelle. Im Gegenteil, das handgeschaltete Getriebe röchelte sonst unüberhörbar über den Pausenhof. Aber wahrscheinlich waren wir zu sehr mit unserem Flugmodell beschäftigt gewesen, und weiter bachabwärts plätscherte die Frenke auch nicht ganz lautlos vor sich her.

Sarah trug ausnahmsweise keine Jeans, sondern ein mit bunten Blumen verziertes Sommerkleid, und das im Herbst, sehr luftig, von unten konnte ich sogar ihre Oberschenkel sehen. Sarah schwang sich trotz Kleid schwungvoll vom Moped und rutschte ihrerseits das Bord herunter, nicht darauf achtend, dass die bunten Blumen nun wohl in einen Braunton übergehen würden.

«Hab eure Rucksäcke oben liegen sehen», sagte sie strahlend. Tatsächlich hatten wir unsere Taschen mit Proviant gefüllt, aus irgendeinem Grund hatten wir angenommen, unsere Reise würde uns weiter als bis zum Ufer der Frenke führen. Wahrscheinlich glaubten wir, wir würden uns gemeinsam mit unserem Modell in die Lüfte erheben und entschwinden.

Pierre hörte umgehend auf zu jammern und hielt sich lediglich den Daumen zwischen den Fingern seiner linken Hand.

«Was willst du denn hier?», fragte er entrüstet.

Sarah lachte nur, und ich bekam meinen Mund nicht zu, weil mir die Situation einerseits gefiel – ich war ihr noch nie so nahe gewesen – und mir anderseits peinlich war: zwei Jungs mit ihrem Spielzeug. Aber Sarah gab Pierre keine Antwort, sondern nahm mir das Balsamodell aus der Hand, das inzwischen seine ganze Kraft verpufft hatte und dessen Gummibänder wie Pierres ausgeleierter Wollpullover schlaff nach unten hingen.

«So wird die Maschine nicht abheben», sagte sie, «der Widerstand im Wasser ist höher als mit Rädern, der Auftrieb wird nicht reichen.» Sie verrutschte den Flügel, der mit einem weiteren Gummiband befestigt war, etwas nach vorne.

«So könnte es gehen. Zu viel ist auch nicht gut, sonst macht das Teil einen zu steilen Aufstieg und stürzt dann kopfüber ins Wasser.»

Wie konnte sie das sehen? Sie wusste doch gar nichts von unserer Testreihe auf dem Trockenen. Tatsächlich hatten wir nicht berücksichtigt, dass das Flugzeug mit seinen Schwimmern anfangs etwas mehr Widerstand haben würde, aber sie konnte ja nicht wissen, ob wir das schon überprüft hatten. Oder doch? Nahm sie einfach an, wir hätten das übersehen?

Pierre nahm ihr unwirsch das Flugzeug aus der Hand und verwand die Gummiseile mit dem Propeller, bis sie wieder straff gespannt waren. Dann setzte er die Maschine aufs Wasser. Sarah bückte sich, um das Modell beim Rumpf zu halten, so wie ich das zuvor getan hatte. Ich stand nun genau über ihr und blickte ihr in den Ausschnitt. Ihre Brüste schimmerten weißer als die Haut, die sich über ihrem Schlüsselbein spannte. Wahrscheinlich hatte sie den Sommer über oft einen Bikini getragen, die Bräune war noch geblieben. Nun aber trug sie gar nichts unter ihrem Kleid. Dieser Anblick nahm mich gefangen, ich hatte Brüste bisher nur in der «Tele» und im «Blick» gesehen, die meine Eltern im Schuppen bis zur Papierabfuhr zwischenlagerten und von mir und Pierre regelmäßig zerlesen wurden. Sarahs Brüste waren aber zierlicher als die der Frauen in den Magazinen, und die rosa Brustwarzen drückten gegen den Stoff ihres Kleids. Ich überlegte mir kurz, ob ich unbemerkt meine Kamera, die etwa die Größe und Form einer Packung Tempo hatte, aus der Tasche holen könnte, um ein Foto zu schießen. Die Kodak drückte ohnehin unerträglich gegen meinen Schritt, so dass meine Hand schon in Richtung Hose wanderte, als Sarah zu mir aufsah und mich anlächelte. Ich drehte meinen Kopf von ihr weg, weil ich befürchtete, sie hätte meine Absicht erraten, so wie sie unsere Unbedachtheit wegen des Flugzeugs erkannt hatte.

Und deshalb sah ich nicht, sondern musste es mir am Abend von Pierre erzählen lassen und konnte unmöglich ein Bild davon aufnehmen, wie das Modell elegant drei bis vier Meter surrend auf dem Wasser der Frenke daher glitt, abhob, steil nach oben stach, unmittelbar bevor es mit den Bäumen auf der anderen Seite

der Böschung zu kollidieren drohte, eine sanfte Linkskurve beschrieb, um dann dem Lauf der Frenke entlang
zu fliegen, bis der Gummizug ein weiteres Mal er-
schlaffte und der Propeller seinen Dienst einstellte. Das
Flugzeug schwebte noch einen Moment, senkte dann
die Nase und setzte zur Landung auf dem Wasser an.
Obwohl diese perfekt war, gab es niemanden, der das
Modell am Rumpf festhielt, deshalb kippte es nach hinten weg. Es hatte nur Sekunden gedauert, bis sich das
Balsaholz des Hecks sich mit Wasser vollgesogen hatte
und das Flugzeug vom Wasser der Frenke überspült
worden war.

«Hat doch bestens geklappt, das Teil ist anscheinend
prächtig geflogen. So, wie wir es vorgehabt hatten»,
sagte ich, und als Pierre nicht antwortete, etwas leiser:
«Wir hätten vielleicht noch die Landung bedenken sollen, zugegeben.»

Pierre brummte, wie mein Großvater gebrummt
hätte, wäre er bei uns gewesen und hätte nicht schnarchend im Stroh gelegen.

«Die Kleine hat alles vermasselt», sagte er fast un-
hörbar, «nie wieder lasse ich sie ein Modell von mir anfassen.»

Ich weiß nicht, was genau Pierre damit meinte. Es
ist nicht zu sagen, ob das Flugzeug ohne Sarahs Eingriff
abgehoben hätte oder nicht oder gleich in der Frenke
versunken wäre.

Wir schwiegen erneut. Ich hätte gerne mit ihm den
Kantersieg des FC Basel gegen die Young Boys vom
Wochenende diskutiert, aber Pierre interessierte sich
nicht die Bohne für Fußball. Stattdessen hob er eine der
Kerzen vor sein Gesicht. Sein Profil wurde an die
Wand des Schuppens geworfen und glich einem wild

flackernden Zombie aus den dunklen Ecken eines verlassenen Einkaufszentrums. Ich hätte den Film lieber nicht gesehen, denn jetzt fröstelte mich, weil ich hinter jedem Balken und Winkel einen Untoten sah. Um mich von diesem Gedanken loszureißen, sagte ich: «Ich habe Sarahs Brüste gesehen.»

Pierre stellte die Kerze zurück auf das Brett, das uns als Tisch diente, und sah mir in die Augen. Ich erwartete, dass er meinen Kommentar mit einer Handbewegung wegwischen würde, denn wenn ihn etwas nicht interessierte, dann Mädchen. Aber Pierre schien erstaunlich wissbegierig.

«Und? Wie haben sie ausgesehen?»

Als ob ich hätte beschreiben können, was ich gesehen hatte. Ich hätte doch ein Foto machen sollen, allerdings – und das überlegte ich mir erst jetzt – wäre es mir peinlich gewesen, die Kassette zum Entwickeln zu bringen und dann die Bilder an der Kasse des Fotogeschäfts abzuholen.

«Na, wie sie halt aussehen. Die Form wie halbierte Äpfel, die Farbe wie weiße Schokolade.»

Weil mir die Worte fehlten, fuchtelte ich mit den Armen, was eine ganze Armee von Ungeheuern auf den Wänden hervorrief.

Pierre grinste. Irgendwie unverschämt, dachte ich.

«Vielleicht ist sie zur Frenke gekommen, um zu baden», sagte er. «Was hätte sie auch sonst dort zu suchen gehabt.»

Sicher war diese Stelle schon in Großvaters Jugend ein beliebter Ort für eine Abkühlung gewesen. Aber jetzt, Mitte September? Es war zwar noch warm, das Thermometer hatte heute bestimmt an der 20-Grad-Marke gekratzt, aber doch nicht so, dass irgendjemand freiwillig in die Frenke getaucht wäre.

«Stell dir vor», sagte Pierre, «wir hätten wie früher zu Zeiten der Gang an der Böschung auf der Lauer gelegen. Sie hätte uns nicht gesehen, und wir hätten sie beobachtet, wie sich das Kleid auszieht, ganz langsam, und dann in die Frenke steigt. Sich mit Wasser bespritzt, um sich an die Kälte zu gewöhnen …»

Die Schatten an den Wänden waren nun keine Zombies mehr, sie waren Sarah in der Frenke. Mein Penis fing in der engen Jeans an zu pochen. Meine Hand glitt unwillkürlich in Richtung Schritt. Mit einem Seitenblick sah ich, dass es Pierre ähnlich erging. Wir rieben beide mit den Händen über unsere Hosen, als plötzlich die Tür zur Scheune aufging und eine große Gestalt polternd in den Schuppen trat. Noch immer unter dem Eindruck meiner Zombie-Fantasien, die sich von der Sarah-Fantasie nicht vollständig hatten vertreiben lassen, brüllte ich lauthals los, meine Hände fuhren in Richtung Pierre, der schon einen Satz hinter die Hobelbank gemacht hatte, dabei streifte ich eine der Kerzen, die zu Boden fiel, aber nicht erlosch, sondern das Sägemehl unter dem Holzblock in Brand setzte. Qualm stieg auf, und plötzlich stieben Funken hervor.

Hätte nicht Großvater mit seinen großen Füßen den Brandherd mit ein paar energischen Tritten gelöscht, uns wäre der Tag unseres Jungfernflugs aus ganz anderen Gründen in Erinnerung geblieben.

In der Redaktion,
Basel im Frühjahr 2012

«Was machst du denn hier?»

Ich war erfreut über Monas Anblick. Auch wenn der Ort nicht unbedingt günstig war. Wenn ich gewusst hätte, dass sie kommt, hätte ich zumindest ein wenig aufgeräumt.

«Wollte mal sehen, wie du so lebst.»

«Wie ich lebe?»

Ich lachte. «Hier arbeite ich, das ist nicht mein Leben.»

«Naja, ich wollte nie wissen, was du so machst den ganzen Tag, wenn die Weiber da um dich rum sind.» Sie zeigte auf die Wand hinter meinem Schreibtisch, an der eine Aufnahme einer halbnackten Blondine hing. «Aber jetzt interessiert es mich.» Sie versuchte ein Lächeln, das ihr misslang.

«Es ist halt ein Job. Ich würde auch lieber Fische fotografieren, oder Häuser, oder ...»

Ich hörte auf, als ich bemerkte, wie lächerlich das klang.

«Setz dich doch. Willst du einen Kaffee?» Erst, als Mona stehenblieb und etwas hilflos auf das Möbel vor sich blickte, stand ich auf und räumte die Zeitschriften weg, die sich auf dem schwarzen Besuchersessel stapelten.

«Entschuldige, habe selten Besuch», sagte ich, als ich den Papierberg auf den Beistelltisch hievte.

Mona setzte sich, und auch ich nahm wieder auf meinem dunkelblauen Drehstuhl Platz.

Noch bevor sie etwas sagen konnte, öffnete sich die Tür hinter meinem Schreibtisch, und eine junge Frau im Badeanzug kam herein.

«Hi, Harry», sagte sie, und bevor ich antworten konnte, verschwand sie durch die Tür, durch die Mona vor einigen Minuten eingetreten war.

«Das ist Daphne. Wir sind an einem Shooting für L'Oréal.» Meine Stimme klang verlegen, entschuldigend ohne Grund.

Mona legte den Kopf schief und ihre Augen verengten sich. Ich versuchte meinen Hundeblick: «He, du bist eifersüchtig? Wenn das mal kein gutes Zeichen ist.»

Mona setze sich senkrecht in den Sessel und hob das Kinn.

«Quatsch, warum sollte ich? Wir sind ja nicht mehr zusammen. Ich habe dir etwas mitgebracht», sagte sie, während sie in der Plastiktüte kramte, die sie neben den ledernen Sessel gestellt hatte.

«Das hast du wohl in der Truhe vergessen, von der du gesagt hast, dass ich darin meinen Kram aus der Wohnung schaffen soll.» Sie zog die Lippen schief, als ich sie etwas ratlos ansah. «Den alten Überseekoffer, den ich danach entsorgen sollte! Aber ich dachte, vielleicht willst du das noch.» Sie reichte mir eine schwarze Lederhülle über den Tisch. Als ich die Beschriftung «Canon» vor mir sah, war schlagartig alles wieder da. Ich nahm das Futteral, das inzwischen spröde geworden war, über den Tisch entgegen. Meine zitternden Finger strichen über das rissige Leder. Seit über dreißig Jahren hatte ich die Druckknöpfe auf der Rückseite nicht betätigt. Seitdem war die Kamera, die ich mir im Sommer 1980 von meinem Ersparten gekauft hatte, eingeschlossen in ihrer Ummantelung. Wie und wann um alles in der Welt war sie in dem alten Koffer gelandet? Ja, ich hatte Mona gesagt, sie könne damit ihren Kram wegräumen. Ich sah zu ihr, da sie mich mit ihren Augen taxierte. Ich hätte jetzt die Kamera zur Seite legen können, es als nichtig abtun, wie ich es immer getan hatte in den letzten Jahren, wenn mir Mona etwas zeigen wollte. Ich konnte aber auch erklären, was es mit der Kamera auf sich hatte. Aber würde ich fähig sein, sie aus ihrer Umhüllung zu befreien? Was würde schon zum Vorschein kommen? Eine Spiegelreflexkamera aus den siebziger Jahren, noch mit dem Standardobjektiv ausgerüstet.

Ich drehte die verpackte Kamera hin und her, als ob ich das Risiko abschätzen wollte. Dann öffnete ich die Hülle. Als mein Blick auf das silbern glänzende Metall der Gehäuseoberfläche fiel, schossen mir Bilder in der Geschwindigkeit eines Stroboskopblitzes durch den Kopf. Ich fixierte die Kamera, um den kreisenden Lichtszenen Einhalt zu gebieten. Die Belichtungszeit eingestellt wie damals 1980, das Sichtfenster, an dem man sah, welcher Film eingelegt war. 100 ASA. Der Apparat lag noch immer gut in der Hand. Sofort waren die Bilder wieder da. Ich kramte aus der Schreibtischschublade eine 6-Volt-Batterie, tauschte die alte in der Kamera aus, betätigte den Filmtransport, entfernte die vordere Abdeckung und nahm Mona in den Sucher. Ihr warnender Blick, mach jetzt bloß kein Bild von mir, nicht hier in deiner Schmuddelredaktion. Doch ich hatte schon abgedrückt, ein Klack, als sich der Verschluss öffnete und wieder schloss. Mona in Schwarzweiß. Dunkles Haar, braune Haut, graue, fragende

Augen, die zart geschwungenen Lippen, die ich noch immer in meinen Träumen vor mir sah.

Wieder betätigte ich den Filmtransport. Das zehnte Bild. Was mochte auf den anderen neun sein? Doch ich wusste die Antwort. Ich hatte den Film an dem Tag, als wir den Gleiter fertiggestellt hatten, neu eingespannt. Ich hatte es im Schuppen getan, damit die empfindliche Beschichtung vor dem grellen Licht des jungen Augustmorgens geschützt war.

Bild eins, Pierre beim letzten Hammerschlag, ein Grinsen im Gesicht, Bild zwei, Großvater rauchend vor seinem Schuppen sitzend, die Augen in Richtung Taleingang geheftet, Bild drei, Sarah auf ihrer Sachs, ein Bein auf dem Rahmen, das andere am Boden, keine fünf Zentimeter von den Weidenrippen des «Lilienthals», Bild vier, Pierre und Sarah lachend auf der Oberen Fraurütti, den Gleiter zu Füssen, die Arme wie ein Moderatorenteam darauf gerichtet: Licht aus, Spot an!

Bild fünf …

Mona riss mich aus meinen Gedanken.

«Willst du mir die Geschichte nicht endlich erzählen?»

«Ja», sagte ich. Ich klappte den Hebel für den Filmrücktransport aus, drückte den Knopf am Gehäuseboden und spulte den Film zurück. Dann zog ich die Halterung nach oben, die Verschalung des Fotoapparats klappte auf, und ich entnahm die Rolle, wog sie in der Hand und ließ sie dann in die noch offenstehende Schublade gleiten.

«Du musst dich deinen Ängsten stellen», sagte Mona, als ich noch immer schwieg. Ich nickte stumm. Das hatte sie mir schon mehr als einmal erzählt, seit sie diesen NLP-Kurs besucht hatte. Ich hatte es ins Lächerliche gezogen, als sie mir diese Theorie zu erklären versuchte. Ich solle doch meiner Angst eine Gestalt geben und diese dann so lange verändern, bis sie freundlich erscheine. Ich hatte sie ausgelacht, unser erster großer Streit.

Aber wie sollte ich mir meine Angst vorstellen? Wenn, dann war meine Angst der frische Wind und Sarahs Lachen, Pierres Hammerschlag und der kindliche Triumph in seinem Blick. Was sollte ich daran ändern wollen? Sollte ich mir statt Wind einen Riesen vorstellen, der sie mit seinem stinkenden Atem davonbläst? War Sarahs Lachen gar nicht sanft wie Morgentau gewesen, sondern verschlagen wie das einer krätzigen Hexe, die mich mit falschen Versprechen lockt? Pierres Hammerschlag so gewaltig, dass er Steine zerschmettert, Großvaters Villiger eine Rauchsäule, die aus dem Schutt unseres Hofs hervorsteigt? Nur, um dann alles wieder zu verharmlosen, zu reduzieren, es zu dem zu machen, was es eigentlich ist. Ein Mädchen, das lacht und dem Jungen, der es lachen sieht, vor Freude das Herz aus dem Körper zu drücken scheint, der Wind erfrischend kühl auf unseren brennenden, verschwitzten Gesichtern, Pierres Hammerschlag der Stolz unserer langen Arbeit. Da war nichts Schreckliches an diesem Tag. Weder die wippende Fledermaus, auch sie hatte mit den Jahren keine Zähne bekommen, noch die schwarzen Wolken am Taleingang waren in meiner Erinnerung bedrohlich, nicht einmal finster, solange die Sonne auf die Fraurütti schien.

Meine Angst war der winzige Augenblick, in dem ich gezögert und Sarahs Arm nicht losgelassen hatte, als sie zu Pierre laufen wollte. Dieser unscheinbare Moment, in dem ich keinen Gedanken zulassen wollte. Müsste ich mir meine Angst als etwas Bildhaftes vorstellen, dann wäre sie ein grinsender Mond, der schräg über der Wiese hängt. Ein Mond, der nicht dorthin gehört, nicht zu dieser Tageszeit. Ein Mond, der sich wünscht, Pierre würde abheben und dann versagen. Der ihm den Triumph nicht gönnt. Und vor allem nicht Sarah.

Meine Angst war in mir selber. Meine Angst war der Tag, an dem der Mond erneut über der Wiese grinsen würde.

Noch lag Monas Hand auf meiner Schulter. Ich hätte sie jetzt einfach greifen und drücken können, aber ich schob sie beiseite. Ich dachte an Sarah, den Artikel und das Bild in der Zeitung. «Sarah Mangold wagt Alpenüberquerung in historischem Fluggerät.» Der Stolz in ihrem Gesicht vor der selbstgebauten Maschine.

Dann begann das Zittern wieder.

Flugplatz Schupfart, April 2012

Die Cessna schien direkt über mir zu sein. Ich wollte die Canon hochheben, von der ich mich, seit ich sie wiederhatte, nicht mehr trennen konnte, aber das weiße Flugzeug mit den roten Streifen war bereits hinter dem Hangar verschwunden und sicher auf der Graspiste gelandet. Ich senkte meinen Blick, als ich vor der gelben Fassade der Flughafenkneipe stand, um die Belichtungsanzeige zu prüfen.

Als ich aufsah, stand Sarah in der Tür. Ihr Haar noch immer gelockt, blond, vielleicht auch gefärbt. Um ihre Augen Fältchen, ihr Lachen dafür wie früher vor Großvaters Schuppen.

«Schön, dich zu sehen, Harald», sagte sie und streckte mir ihre Hand entgegen. Als ich sie nehmen wollte, kam Sarah einen Schritt auf mich zu und umarmte mich. Ihr Haar roch nach Wind. Ich überlegte mir einen Moment, warum ich wusste, wie Wind riecht und wie Wind zu fotografieren ist, dann aber konzentrierte ich mich auf ihren Körper, der mir nie mehr seit damals an der Frenke so nahe gewesen war. Ich stammelte etwas, das wohl «dich auch» heißen sollte. Dann hatte sie sich wieder von mir gelöst, fasste mich aber mit beiden Händen. Ihre Augen waren auf mich gerichtet, fragender Blick, ich sollte wohl erzählen.

«Lass uns reingehen», sagte ich, obwohl sie hier Hausherrin war.

Sarah führte mich an einer Hand in die Flugplatzwirtschaft und wir setzten uns an einen Holztisch. Am Tisch gegenüber saß ein bärtiger Kerl mit runder Brille, der mich fixierte. Ich nickte ihm zu, aber Sarah stellte mich ihm nicht vor.

«Was hast du die ganze Zeit getrieben?», fragte sie. Ihre Stimme glockenhell und laut. Sie lachte, bevor ich antworten konnte. Wahrscheinlich hatte ich einen Tick zu lange überlegt und dabei saublöd aus der Wäsche geschaut.

«Zwei Stangen», rief sie in Richtung des Kellners hinter dem Tresen, ich wollte abwinken, ich trinke kein Bier. Doch der nickte nur hinter seinem Tresen und nahm gemächlich zwei Gläser aus dem Regal oberhalb des Zapfhahns.

«Erzähl!», sagte sie.

Ich brachte keinen Ton heraus. Ich starrte sie nur an. Dauernd musste sie sich bewegen. Sie fuhr sich mit ihren Händen durchs Haar, dann legte sie die Hände auf meine auf dem Tisch, im nächsten Moment drehte sie sich wieder zum Kellner um, die Augen zugekniffen, warum dauert das so lange mit dem Bier?

Der Keller zapfte das zweite Glas.

«Ich habe fotografiert», sagte ich, um einfach irgendwas zu sagen. Im selben Moment wusste ich, wie blödsinnig das klang.

«Schön», sagte sie. «Das wolltest du doch immer.»

Ich nickte. «Und du?»

Sarah schien einen Moment zu überlegen.

«Ich führe eine Flugschule hier», sagte sie. «Das Fliegen ist mein Leben.»

Wieder nickte ich. Der Kellner stellte zwei Gläser auf den Tisch.

«Da ist also etwas hängengeblieben von früher», sagte ich.

Sarah rückte den Stuhl zurecht und streckte den Rücken. Ihre Lippen zuckten wie damals, als ich versehentlich mit einem Schraubenzieher ein Stück Segeltuch zerriss.

«Unsere Leben in zwei Sätzen», sagte sie.

Meine Kehle war trocken und ich nahm noch einen Schluck Bier.

«Was hast du denn gemacht, außer dem Fliegen, meine ich?»

Sarah legte ihren Kopf in den Nacken. Ich erkannte die Lächerlichkeit meiner Frage. Wir hatten uns über dreißig Jahre nicht gesehen, ich wusste rein gar nichts von ihr. Trotzdem, als hätte sie es sich schon zurechtgelegt, begann sie zu erzählen:

«Nach der Sache mit Pierre verließ ich das Internat und beschloss, Automechanikerin zu werden. Damals hieß es noch Automechaniker, heute heißt es Automechatronikerin, weil ein Auto ja auch aus Elektronik besteht.»

Sie senkte ihren Blick und schaute mir prüfend in die Augen. Ja doch, ich war erstaunt. Ich hatte mir nichts zu ihrem Werdegang überlegt, und als ob sie sich rechtfertigen müsste, fuhr sie fort: «Dreckige Hände haben mich nie gestört. Ich war selig, wenn ich Bremsen ausbauen durfte, neue einbauen. Selber Hand anlegen konnte. Ich wollte immer lieber ein Junge sein als ein Mädchen. Ein Kerl. Die Mädchen im Internat gingen mir auf den Wecker. Dieses Schrille, schrecklich, dieses Getratsche und Gequatsche. Da hatte ich lieber die blöden Sprüche von meinen Mechanikerkollegen.

In meiner Klasse war ich das einzige Mädchen. Aber meine Lieblingsfarbe war nie Rosarot. Schwarz mag ich. Weinrot. Und alle Grüntöne. Deswegen war ich damals auch eine Außenseiterin. Das hat mir geholfen, eine dicke Haut zuzulegen. Ich war immer mit den Freaks zusammen, den Strebern, den Großen, den Dünnen. Irgendwann dachte ich, ich müsse mir einen Freund zulegen, um nicht ganz aus der Reihe zu fallen. Aber selbst dem war ich zu burschikos. Es nervte ihn, wenn ich irgendwo ein Auto sah und deswegen total ausflippte. Manchmal schämte er sich sogar ein bisschen für mich. Irgendwann sah ich ein, dass das nichts werden würde mit den Jungs. Nach der Lehre kaufte ich mir einen alten Toyota-Bus, den ich selber herrichtete und fuhr damit einmal um die Welt, zwei Jahre war ich unterwegs und verdiente mein Geld mit Reparaturen. Es gibt überall etwas zu reparieren, und wenn man ein Händchen dafür hat und sich nicht zu schön ist, dann überlebt man damit.»

Sarah nahm einen großen Schluck Bier. Ihre Hände waren jetzt ruhig, ihr Blick galt ganz mir.

«Was?», fragte ich irritiert.

«Warum bist du hier?» Ihr Blick hielt mich gefangen.

Ich rutschte unruhig auf dem unbequemen Holzstuhl hin und her.

«Ich hab's gelesen», sagte ich, «das mit dem Alpenflug.»

Jetzt rang ich mit den Händen. Sarah noch immer ganz ruhig.

«Es ist gefährlich», sagte ich. Ich wusste, wie meine Worte klangen. Nicht überzeugend.

Sarah legte ihren Kopf nach hinten, als ob sie laut loslachen wollte. Aber sie blieb immer noch still. Mit ihren Fingern drehte sie ihre Locken. Das war neu.

«Es beschäftigt dich noch immer.» Sie sprach nicht zu mir. Ihre Stimme nicht mehr hell.

Ich trank einen Schluck Bier. Dann noch einen, obwohl ich den Geschmack nicht mochte. Ich setzte das Glas ab.

«Ich will fliegen», sagte ich, «über die Alpen.»

Sarah starrte mich an. Ihre Augen, ich konnte mich nicht von ihren Augen lösen. Warum hatte ich damals ihren Blick nie erwidert?

«Mit der Blériot?», fragte sie, als hätte ich ihr etwas wegnehmen wollen. Dann ihre Stimme wieder fest. «Das geht nicht. Nein.»

Jetzt lächelte ich zum ersten Mal.

«Nein, nicht mit der Blériot. Ich möchte einen ganz normalen Alpenflug buchen, wie du es auf deiner Website anbietest. Für 880 Franken in einer Cessna.»

Die Blériot, April 2012

Ich versuchte, den Weg aufzunehmen. Brüchiger Teerbelag zwischen Vereinslokal und Hangar. Vor mir ging Sarah. Sie ging nicht, sie wippte. Alles an ihr wippte. Das Haar, jetzt hinter ihrem Kopf mit einer Spange gebändigt. Ich konnte sie nicht einfangen mit der Kamera. Sie wippte mir davon. Einen Schritt nach rechts und schon war sie hinter mir. Sie brauchte nur einen Schritt, wo ich zehn benötigte.

Wir standen vor dem Hangar. Sie spielte wieder Fernsehmoderatorin und streckte theatralisch die Hände zur Schiebetür hin.

«Dahinter steht alles, wofür ich lebe», sagte sie im Fernsehquizmoderationston.

Ich hob die Canon erneut. Aber wieder drehte sie sich weg. Doch ich hatte schon den Auslöser betätigt. Ein Bild in Rot, hätte ich keinen Schwarzweißfilm eingelegt. Ihr roter Overall, den sie sich beim Verlassen des Lokals übergezogen hatte.

«Willst du ihn sehen?», hatte sie mich mit leuchtenden Augen gefragt, als der Kellner das zweite Glas Bier brachte.

«Wen ihn?» Ich dachte gerade an Sarahs Weltreise mit dem Toyota-Bus.

«Na, den Blériot-Apparat. Sagte man damals so. Nicht die Maschine, sondern der Apparat.» Sie schmunzelte, und diesmal war ich schnell genug, um ihre Gesichtspartie zu knipsen. Es würde ein sehr klassisches Foto abgeben. Schön geschwungene Lippen, feine Linien zwischen Mund und Nase, der Lidschatten betonte ihre neugierigen Augen.

«Klar will ich den sehen.»

«Aber dann machst du auch Fotos davon. Wie damals.»

Die Hangartür rollte einen Spalt weit auf, hinter ihr verschwand Sarah. Ich trat vom gleißenden Licht der Mittagssonne ins Dunkel der Halle. Ich schloss kurz die Augen, als ich sie wieder öffnete, war es nur noch düster. Ich schaute mich um. Kleinflugzeuge, was hatte ich erwartet? An der Decke etwa drei Meter über mir hing ein weißes Segelflugzeug; als ich zwei Schritte nach vorne machte, stand ich vor dem Cockpit eines ebenfalls weißen, einmotorigen Sportflugzeugs. Fast wäre ich mit dem Kopf gegen die Verstrebung geknallt, die vom Fahrgestell aus den Rumpf mit der Tragfläche verbindet. Tief war der Hangar nicht, vielleicht zwanzig Meter, dafür hatte er in der Länge Platz genug, um vielleicht vier oder fünf solcher Maschinen nebeneinander unterzubringen.

Es ratterte, die Hangartür ging weiter auf. Licht flutete den Raum. Wo war Sarah? Jetzt sah ich sie durch das Cockpitfenster auf der gegenüberliegenden Seite des Hangars. Sie winkte. Ich ging um die Heckflosse des Flugzeugs. Die Canon baumelte um meinen Hals und streifte das Seitenruder. Ich zuckte zusammen und hielt die Kamera mit beiden Händen fest.

Meine Schritte hallten scheppernd von den Wänden wider, mein Blick in Richtung Sarah, die jetzt mitten im Raum stand. Sie hob die Arme, wo bleibt der Kerl bloß, so groß ist die Halle doch nicht.

«Na?», fragte sie, als ich vor ihr stand. Ich öffnete den Mund, um zu fragen, was sie damit meine, als ich die Maschine hinter ihr erfasste. Ich schüttelte den Kopf, um mich von meinem Tunnelblick zu lösen. Erst dann sah die hölzernen Verstrebungen des Rumpfs, die Bespannung der gewölbten Flügel, Drähte und Ösen. Bilder aus einer anderen Zeit schossen mir durch den Kopf, ich hatte das schon einmal gesehen, irgendwo in einem früheren Leben.

«Damit kannst du nicht über die Alpen fliegen», stammelte ich.

Sarah lachte. Ihr Lachen füllte den Raum und hallte von Wänden und Decke.

«Ich habe fünfzehn Jahre meines Lebens damit verbracht, diesen Vogel hier zu bauen», sagte sie bestimmt. Dann leiser: «Jetzt will ich wissen, was in ihm steckt.»

«Kommt das Teil überhaupt in die Luft?» Meine Frage stand im Raum, während ich die Kamera hob, um die Rattanleisten auf der Flügeloberfläche abzulichten. Sarah hatte die Frage gar nicht gehört, sie stand nicht mehr vor mir. Ich drehte mich um, noch immer die Kamera am Auge. Sarah jetzt vor der Heckflosse. Ich ging auf sie zu, ihre Pupillen weiteten sich, ich drehte am Objektiv. Ich stand jetzt nahe bei ihr, sie senkte die Lider.

«Fotografier lieber die Maschine», sagte sie, fasste nach der Kamera und drehte sie nach links. Wieder Ösen, als ich die Schärfe eingestellt hatte. Zwei gespannte Drähte, die wohl das Seitenruder steuern, mit schwarz lackierten Metallplatten verbunden.

«Du hast dieses Ding hier wirklich gebaut?»

Wieder keine Antwort. Ich schwenkte die Kamera den Rumpf entlang in Richtung des Propellers. Plötzlich tauchte Sarah vor der Linse auf, der rote Träger auf ihrer Schulter, ihr Haar, um den Hals eine silberne Kette, ich drückte ab und erwischte dabei nur das Schulterblatt.

«Du sollst nicht mich fotografieren», sagte sie wieder, obwohl sie sich selber vor die Kamera gestellt hatte. Ich senkte den Fotoapparat und musste meine Augen justieren. Sarah, die einen Schritt in Richtung Hangartür gemacht hatte, jetzt im Gegenlicht, dunkle Silhouette. Sie lehnte sich an den Rumpf, der nur aus Holzleisten bestand.

«Schau mal», sagte sie und zeigte dabei auf die Flügelbespannung, «das war das größte Stück Arbeit. Ich musste die Hölzer krümmen lassen.»

Dann zeigte sie auf die Rattanleisten.

«Alle im Abstand von fünf Zentimetern genagelt, die meisten reine Verzierung, aber, wo die einzelnen Leinenabschnitte verbunden werden, wichtig, damit keine Nässe in den Flügel eindringt. Alleine die Flügel haben mich fünf Jahre gekostet. Die Pläne dafür habe ich aus der Nationalbibliothek.»

Mir kam dabei der Lilienthal-Plan aus dem Antiquariat Koechlin in den Sinn und ich lehnte mich an das Holzgestänge.

«He», sagte sie, «pass auf, dass du mir nichts kaputtmachst. Ständig will einer den Vogel anfassen, und einer hat doch tatsächlich mal geschafft, mit seinem Autoschlüssel ein Loch in die Bespannung zu machen.»

Ich löste mich blitzartig von der Maschine. Sie lachte wieder. Ich richtete das Objektiv auf ihren Mund, den sie aber schon wieder geschlossen hatte. Die Kamera war zu schwer, fast ein Kilo, ich war zu langsam für Sarahs Bewegungen.

«Mach doch mal ein Bild von vorne, vom Motor», sagte sie, und schon war sie unter der Wölbung des Flügels zum Bug der Maschine geeilt.

Ich stand vor dem Propeller. «Über zwei Meter», sagte sie, «aus mehreren Schichten Holz selber gedreht.» Der Motor ein Anzani, kein Umlauf-, sondern ein Sternmotor, der wegen der Anordnung der Zylinder so heißt, wie sie mir erklärte. Ich bekam den Propeller nicht aufs Bild und musste einen Schritt zurücktreten, dann noch einen.

«Stell dich davor», sagte ich. Sie stellte sich vor den Motor, wartete aber nicht, bis ich auf den Auslöser drücken konnte.

«Schau mal, das Fahrgestell.» Ihre Augen leuchteten und ich wusste nicht, wie ich das fototechnisch einfangen konnte. «Motor und Räder habe ich von einer Original-Blériot, die 1911 in Deutschland zu Bruch ging, diese Teile wurden aufbewahrt, der Rest wurde verbrannt.»

Die schmalen Reifen passten eher an ein Fahrrad als an ein Flugzeug, aber schon zeigte Sarah auf das Gestänge, an dem die Räder befestigt waren. Ihre Finger glitten über einen faustdicken Gummiriemen. Ich ging wieder zu ihr hin.

«Die Stoßdämpfer waren früher aus Kautschuk, aber das ist zu spröde, deshalb habe ich Gummizüge verwendet. Einzeln gedreht. Fass mal an.»

Sie führte meine Hand an den mit Stoff umwickelten Riemen.

«Hartes Teil, nicht? Muss auch einiges aushalten. Das holpert ganz schön auf der Wiese da draußen.»

«Du hast wirklich alles selber gemacht?»

Sarah ließ meine Hand los, und ich bedauerte, ihr diese Frage gestellt zu haben.

«Ich habe immer alles selbst gemacht. Traust du mir das nicht zu?» Sie lächelte jetzt nicht mehr. Ich hob meinen Arm: «Ich wollte nicht …»

«Schon gut», fiel sie mir ins Wort, «einem Mädchen traut man nie was zu. Wie Pierre damals. Aber ich durfte den Lilienthal ja kaum mal berühren. Und deshalb hab ich hier alles selber gemacht, jedes einzelne Zugseil habe ich eigenhändig gespleißt, ich musste das Spleißen zuerst in einer Werkstatt lernen, aber jetzt weiß ich zumindest, dass die Drähte halten. Die in Bern wollten es auch nicht glauben, ich bekam die Fluggenehmigung erst, nachdem ich die Ösen einem Reißtest unterzogen hatte.»

Während Sarah sprach, hielt ich die Kamera auf ihr Gesicht. Wenn sie nicht lachte, sah ich die Fältchen, die von den Augenwinkeln über die Wangen verliefen. Ich sah den Zorn in ihren Augen aufblitzen, wenn sie über «die da oben in Bern» sprach, die ihr nicht glauben wollten, dass sie ihre Blériot selber steuern kann. Dann lachte sie wieder, als sie erzählte, wie sie beim ersten Start ein Abwind erwischte und sie mit der Maschine im Kartoffelacker landete. Bruch des Fahrgestells, Bruch des Schlüsselbeins, nichts Schlimmes, aber es verzögerte die Fertigstellung um weitere zwei Jahre und die Herren in Bern mussten erneut überzeugt werden. «Dabei muss die Maschine doch bereit sein nächsten Sommer», sagte sie, «die Alpen warten.»

«Warum willst du damit über die Alpen fliegen?»

Meine Frage überraschte sie nicht, das mussten sie schon andere gefragt haben. Trotzdem sagte sie bloß: «Weil ich es kann, und weil die Dreizehn meine Glückszahl ist.»

Schon nahm sie mich beim Arm.

«Komm, steig mal ein.»

Sie zerrte mich wieder unter der Tragfläche hindurch zur Einstiegsluke.

«Ich steig da nicht ein», sagte ich panisch.

«Ich lass den Vogel schon nicht starten, komm, sei kein Frosch.»

Sie zeigte mir, wo ich den Fuß aufsetzen musste, den rechten. «Nicht wie bei einem Pferd», sagte sie. Die Kamera baumelte um meinen Hals, als sie mir einen Schubs gab und mich nach oben hievte. Ich hob mein linkes Bein über die Querverstrebungen und zog mich hoch. Die ganze Maschine wackelte, als ich mich in den Ledersitz fallen ließ. Da saß ich nun, wie einst Bider, nur wusste der vermutlich, was er als Nächstes anstellen sollte.

«Nimm den Steuerknüppel und setz deine Füße auf das Pedal unten.»

Ich tat, wie mir geheißen. Der Steuerknüppel war mehr ein Steuerrad, und ich wollte das Gerät entsprechend betätigen, als Sarah rief: «Nein, nicht den Steuerknüppel drehen! Nur nach links oder rechts, auf oder ab.»

«Und wozu sind die Fußpedale?», fragte ich.

«Mit den Fußpedalen beeinflusst du das Seitensteuer beim Kurvenflug. Die Drähte des Knüppels sind direkt mit den Tragflächen verbunden, und diese sind verwindbar.»

Was immer das heißen mochte. Zum Glück war ich nicht in der Luft.

«Und», rief ich übermütig, «trägst du beim Fliegen auch immer so eine kecke Brille wie in den alten Filmen?»

Sarah lachte. Ich wollte die Kamera, die ich neben mich auf den Sitz gelegt hatte, heben, aber der Lederriemen hatte sich zwischen meinen Beinen verheddert.

«Schau mal nach vorne. Da, in den kupfernen Kanistern sind Benzin und Öl drin. Davor der Motor. Was meinst du, wie das spritzt beim Flug. Dafür ist die Brille da, damit kein Öl ins Auge kommt. Und ich trage auch immer einen Schal, der ist dafür da, die Brille zu putzen.»

Ich nickte ehrfürchtig und zog noch einmal den Steuerknüppel. Da ich aber nicht abhob, kletterte ich aus der Maschine.

Sarah schaute mir erwartungsvoll in die Augen.

«So, wie findest du ihn, meinen Blériot-Apparat?»

Ich nickte anerkennend.

«Steckt ein Haufen Arbeit drin, nehme ich mal an.»

Sarahs Grinsen, etwas schief.

«Du sagst es. Andere haben Hunde, Katzen, Sportvereine, Familien, Freunde. Ich habe meine Blériot.»

Bevor ich etwas erwidern konnte, fuhr sie fort: «Aber jetzt zu dir. Du wolltest doch fliegen.»

Ich hob abwehrend die Hände.

«Ich meine nicht damit. Mit meiner Cessna, über die Alpen. Deswegen bist du doch hergekommen.»

Ich war sprachlos. Ich wollte sagen: «Nicht jetzt, das hat Zeit, du hast doch Bier getrunken, da kann man nicht mehr fahren, geschweige denn fliegen», aber Sarah nahm mich bei der Hand und führte mich nach draußen, wo die Sonne noch immer hell vom Himmel schien.

Ich zog den Kopf ein, als eine blaue Maschine über unsere Köpfe hinwegbrauste.

Sarah lachte und schüttelte den Kopf: «Ein ehemaliger Flugschüler mit seiner Piper. Er ist beim Landeanflug immer etwas tief …»

Bider, Langenbruck, April 1913

Die Glocken. Welch ohrenbetäubender Krach. Alfred stellt seinen Jutesack auf die staubige Dorfstraße und hält sich mit den Händen die Ohren zu. Um ihn herum rennen die Menschen in Richtung Erlenwiese. Alle wollen sie ihn landen sehen.

Bider.

Alfred schaut gegen die Sonne zum Kräheck, von wo der Flugapparat erwartet wird. Da ist aber nichts zu erkennen. Einer hat gerufen: «Der Bider kommt!», und alle sind sie ins Freie gestürmt. Dann der Lärm, sonst hätte er den Motor gehört. Noch immer hat er dieses regelmäßige Brummen im Ohr, das ihn auf eine seltsame Art mit Glück erfüllt.

Wieder ruft einer: «Der Bider.» Noch einmal sieht er hoch, mitten auf der Hauptstraße – und tatsächlich erblickt er jetzt die Umrisse der Maschine, das weiße Kreuz unter der Tragfläche.

Er wird von einem Mann, den er im grellen Licht nicht erkennen kann, zur Seite geschubst.

Plötzlich verstummen die Glocken.

Die Menge ist totenstill. Nur der Motor ist jetzt zu hören. Ein regelmäßiges Surren, kein Stottern, kein Ächzen. Saniez hat ganze Arbeit geleistet. Die «Langenbruck» kommt geschmeidiger in die Heimat als das modernste Automobil.

Saniez.

Als er und Bider ihn mit Margrit nach der Einfahrt in Langenbruck auf der Erlenwiese abgesetzt und sich verabschiedet hatten, lief Alfred rasch nach Hause zum Mittagessen. Aber sobald der Mittagstisch aufgehoben war, hatten ihn keine hundert Pferde mehr im Haus halten können. Er stürmte wieder ins Freie zur Wiese bei den Erlen.

Ob sie noch da waren?

Als er näher kam, schaute er sich nach Bider um. Der war aber nirgends mehr zu sehen. Auf dem Rasen hockte Saniez und drehte an seinem Schnauz. Im Mund einen Grashalm, den Blick auf die Wiese, auf der er saß, gerichtet. Jacke und Hose ölverschmiert, über seiner Nase ein schwarzer Streifen. Hatte er das Automobil doch noch reparieren müssen? Alfred bremste seine Schritte. Saniez hatte aufgeblickt und Alfred sah direkt in das schmale Gesicht des Franzosen. Einen Augenblick erkannte er Müdigkeit in den Augenwinkeln, doch dann lachte Saniez und seine Züge glätteten sich.

«Oh, unser Helfer. Was führt dich hierher?»

Alfred bekam nur ein Krächzen aus dem Hals.

«Keiner hier, außer mir. Weder Bider noch deine hübsche Mademoiselle.» Saniez lachte. Alfred setzte sich ins Gras. Er schluckte. Sie saßen eine Minute stumm nebeneinander. Alfred blickte über Felder und die sattgrünen Wiesen der Juralandschaft. Der Waldkamm am Hang der Wanne schien zum Greifen nah. Als er auf die sanften Hügel blickte, überkam ihn Ruhe

«Ich beneide Sie», sagte er leise, «ich meine, dass Sie den Bider überall hin begleiten dürfen.»

Saniez kniff die Augen zusammen. Alfred versuchte lauter zu sprechen.

«Ich wünschte, ich könnte sein wie Sie.»

Saniez' Mundwinkel zuckten.

«Es ist eine Arbeit. Ich bin Mechaniker. Bider ist der Held. Noch keiner hat sich gewünscht, wie ich zu sein. Wie Bider, ja, aber nicht wie sein Mechaniker.»

Alfreds Kehle schmerzte. Wie gerne hätte er einen Schluck Wasser aus der Frenke getrunken.

«Und wie ist er, der Bider?», fragte er, jetzt mit etwas festerer Stimme. Saniez hob den Kopf.

«Er sagt nicht viel. Er weiß, was er will. Und er kann nicht warten.»

Alfred sog die Worte in sich auf. So ging es ihm, auch er konnte nicht warten. Er hatte noch nicht einmal seine Lehre als Schreiner begonnen, schon wünschte er sich, er hätte ausgelernt und könnte mit Margrit zusammenleben. Und doch war er noch ein Bub, der sich davor ängstigte, aus Langenbruck wegzuziehen. In eine Zukunft, die er nicht kannte. Weg von seinem Dorf, den Wiesen und Wäldern. In die Stadt, auch wenn diese nur Liestal hieß.

Gleichzeitig kam sich Alfred aber so groß und sicher vor. Heute war der schönste Tag seines Lebens. Er hatte Margrit die Hände gehalten und war mit Bider ins Dorf eingefahren. Was gab es, das dies übertreffen könnte? Vielleicht noch, in einem Flugapparat zu sitzen und das alles aus der Vogelperspektive betrachten zu können. Manchmal hatte er Träume, wie er über Wiesen und Wälder schwebte. An den Morgen danach dachte er, dass Träume doch mehr waren als bloße Wunscherfüllung des Gehirns, wie es ihnen ihr Lehrer erklärt hatte, denn woher hätte seine Gedanken wissen können, wie es war, so zu schweben, ohne es jemals erlebt zu haben?

Saniez spuckte ins Gras. «Hol mir einen Krug Wein», sagte er bestimmt. «Und Brot und Wurst.»

Alfred sah ihn mit großen Augen an. Woher sollte er Wein bekommen? Wurst und Brot würde er im Haus vielleicht noch auftreiben können, aber Wein?

Saniez drehte seinen Kopf kurz in Richtung Dorf und nickte ihm dann zu.

Alfred stand auf und blickte in den Himmel. Kein Flugapparat war zu sehen. Nur Sonne, die ihm in die Augen stach. Er hob die Hand und trabte davon. Wein. Wie sollte er das bloß anstellen?

Zuhause war alles still. Vater war bei der Arbeit und Mutter musste sich wieder ausruhen. Wie so oft in letzter Zeit nach einer Anstrengung. Nur die Eingangstür quietschte, als ob sie allen im Dorf verraten wollte, was er vorhatte.

Leise schlich er sich durch den Flur bis zur Kellertür. Auch diese schien beim Öffnen zu kreischen. Doch jetzt konnte er nicht mehr zurück. Seine Zehen gekrümmt, als ob sie die knarrenden Stufen umklammern wollten. Schweiß rann ihm übers Gesicht und in die Augen. Langsam schlich er sich so in den Keller. Fast stolperte er über die letzte Stufe, weil es düster war und ihm die Augen tränten. Unten war es angenehm kühl, und es roch nach Erde und Kartoffeln. Noch ein paar Schritte, dann war er in dem engen Raum angekommen, wo Vater die wenigen Flaschen Wein eingelagert hatte, die er seinem Winzercousin aus Liestal abgekauft hatte. Er wischte die Spinnweben angeekelt zur Seite und schnappte sich die erstbeste verstaubte Flasche. Doch wohin damit? Sollte er so durchs Dorf laufen, mit einer Flasche Wein in der Hand? Er sah sich um. Auf dem Leiterwagen stand ein Sack Kartoffeln. Er leerte den Sack mit einem Ruck, die Kartoffeln kullerten mit einem Rumpeln auf den erdenen Kellerboden. Das würde er den Eltern erklären müssen. Aber er hatte keine Zeit, um über später nachzudenken. Er griff sich den Sack, steckte die Flasche hinein. Aus dem Vorratskeller, gleich neben dem Weinregal, schnappte er sich einen gesalzenen Schinken vom Haken, vom Kratten griff er einen rotgrünen Apfel, der ohnehin schon vor sich hinschrumpelte. Alles in den Sack. Für das Brot würde er in die Küche müssen, Mutter hat erst diesen Morgen frisches gebacken. Alfred schulterte den Sack und stieg die Treppe hoch. Die Stufen quietschten wie verrückt, als wollten sie die örtliche Feuerwehr alarmieren.

Oben angekommen, schaute er verstohlen in den Flur. Nein, Mutter war noch nicht wach. Sie schlief immer länger, jeden Tag ein paar Minuten mehr. Doch dann erstarrte er. Draußen vor der Tür Stimmen, die sich überschlugen. Er hörte Menschen auf der Dorfstraße. Wo kamen die plötzlich her? Vorhin war doch keiner zu sehen gewesen. Dann setzte das Glockenläuten ein. Um diese Zeit? Hatte sich der Pastor vertan? Er wollte auf die Straße, um nachzusehen, was los war. Aber was machte er bloß mit seinem Sack? Wenn er ein zwei Leuten begegnet wäre, hätte er das erklären können. Aber gleich dem ganzen Dorf?

Er hörte, wie im Obergeschoss die Tür ging. Mutter war aufgewacht. Nun hatte er keine Wahl. Er öffnete die Eingangstür und stand schon mitten auf der Dorfstraße. Einer rief: «Der Bider kommt!», und Alfred sah in den Himmel.

Dann wurde er angerempelt, ein Mann fiel über den Sack am Boden und fluchte.

Alfred lachte laut, nahm sein Bündel wieder auf und lief, so schnell er konnte, weiter.

Das ganze Dorf ist in den Erlen versammelt, als die Maschine sanft auf der frisch gemähten Wiese landet.

Alle applaudieren, auch Alfred klatscht in die Hände. Die Musik, vorgewarnt durch Biders Ankunft am frühen Mittag, spielt einen strengen Marsch. Als der Aeroplan endlich stillsteht, rennen alle in Richtung des Apparats. Als der Motorenlärm erstirbt und der Propeller stillsteht, steigt Bider aus der Maschine.

Doch auf dem Passagiersitz sitzt noch jemand. Alfred, der einige Meter von der Maschine entfernt stehengeblieben ist, hält sich die Hand über die Augen, um besser sehen zu können. Bider hatte auch schon in Liestal Passagiere mitgenommen, aber als sich der Schal um den Hals der Person löst, kommt sie ihm bekannt vor.

Leny, Oskars jüngere Schwester.

Er schämt sich ein wenig, weil er daran denkt, wie sie ihnen damals, als er mit Oskar nach der Schule die Hauptstraße hinunterschlenderte, entgegengekommen war und sich ohne ersichtlichen Grund theatralisch fallen ließ. Er war genötigt, sie aufzufangen, wusste aber dann nicht, wohin mit seinen Armen, woraufhin er errötet war.

Aber dann schießt ihm ein Gedanke durch den Kopf, der sein Herz wieder wärmt: Wenn Bider schon Frauen auf seinen Flügen mitnimmt, dann würde er wohl auch ihn, den Aebi Alfred, mitnehmen können. Er wollte sich vordrängen, als ihn jemand am Ärmel zupft.

Saniez.

«Hast du Brot und Wein? Ich bin am Verhungern und ich habe noch einen langen Tag vor mir», sagt der Franzose lachend und ihn in die Seite stupsend. Alfred reicht ihm den Sack und bekommt dafür einen Klaps auf die Schulter.

«Guter Junge», sagt er und schiebt sich einen großen Bissen Schinken in den Mund, dass ihm der Saft über die Backen rinnt. Saniez lässt sich vom allgemeinen Trubel auch nicht davon abhalten, die Flasche mit einem Taschenmesser zu entkorken und sich einen kräftigen Schluck zu genehmigen.

Während ein paar Meter weiter Hände geschüttelt werden und Lachen erklingt, stehen Saniez und Alfred etwas abseits. Saniez beißt schmatzend in den verschrumpelten Apfel.

«Willst du auch?» Saniez hält ihm die Flasche hin. Alfred traut sich nicht zu widersprechen und nimmt einen tiefen Schluck aus der Flasche, wie er es vorhin bei Saniez gesehen hat. Der Wein brennt bitter auf seiner Zunge. Er muss husten. Saniez lacht, aber es stört Alfred nicht. Er verspürt auch keinen Drang, zu Bider zu laufen, um auch ihm die Hände zu schütteln.

«Ich will fliegen», sagt Alfred.

Saniez hält mitten im Kauen inne und schaut ihn verwundert an. Dann schluckt er und sagt: «Dann frag ihn doch, den Bider. Du hast uns heute Morgen geholfen, das soll genug Lohn sein für einen kurzen Flug.»

Alfred strahlt. Er würde fliegen. Dann aber hört er Bider rufen: «Allez, Saniez, wir müssen weiter, die Hauptstadt ruft.»

Saniez klopft Alfred freundschaftlich auf die Schulter.

«Frag ihn nächstes Mal, jetzt müssen wir los.» Und noch bevor Alfred von ihm in Erfahrung bringt, wo das denn sein könnte, rennt der Franzose los, klettert in den Passagiersitz, auf dem zuvor Biders Schwester gesessen hat. Der Motor brummt, und da niemand wie in Liestal das Heck festhält, rollt der Apparat sofort los, wird immer schneller und hebt dann ab, um eine Kurve über der Wanne zu beschreiben und in Richtung Bern davonzubrausen.

Alfred blickt ihm nach, bis auch die Aufschrift «Langenbruck» auf dem Seitenruder nicht mehr zu lesen ist, und weiß: Er will nicht sein wie Bider, er will sein wie Saniez!

Die Flucht, 11. Juni 1913

Alfred kann nicht schlafen, unruhig wälzt er sich hin und her. Es ist kühl in der Dachkammer, der Sommer konnte noch nicht richtig Tritt fassen. Und dennoch schwitzt Alfred. Das kleine, halbrunde Fenster lässt sich kaum einen Zentimeter kippen, kein Luftzug dringt in das Zimmer. Der Mond findet eine Lücke in der dichten Wolkendecke und wirft einen fahlen Streifen Licht auf die Bettdecke. Alfred strampelt das Leinentuch weg, das sich zwischen seinen Füssen verfangen hat. Dann setzt er sich ruckartig auf. Er hat geträumt, obwohl er gar nicht geschlafen hat. Er sieht Margrit vor sich auf einer Wiese gehen. Sie ist immer einen Schritt voraus und er kann sie nicht einholen. Sie dreht sich nach ihm um, winkt mit dem Arm: «Komm her zu mir!», aber er kann sie nicht fassen.

Schweiß rinnt ihm von der Stirn und tropft auf seinen Bauch. Seine Kehle brennt, und noch hört er das Wasser der Frenke murmeln.

Er zündet die Kerze an. Flackernd wirft ihr Licht Schatten auf das schwere Holztäfer. Unter dem Kopfkissen liegt der «Landschäftler» von heute. Sorgsam faltet er die Zeitung auseinander. Bei der Arbeit darf er nicht lesen. Als er heute Morgen nach der Zeitung auf dem Schreibtisch im Büro greifen wollte, schlug ihm Lehrmeister Plattner mit einem Holzspan auf die Finger.

Seine Hand schmerzt, als er durch die vier Seiten blättert. Sorgfältig eine nach der anderen. So macht er es immer, seit er in Liestal ist: Zuerst verschafft er sich einen Überblick, um ja nichts zu verpassen. Anders als früher ist er wissbegierig auf das, was in der Zeitung steht. Den Fortsetzungsroman liest er zum Schluss.

«Die Schweiz im Jahr 2000.»

Gierig verschlingt er die Zeilen. Alles, was mit der Zukunft zu tun hat, interessiert ihn jetzt. Im Jahr 2000 würde er hundertdrei Jahre alt sein. Er schließt die Augen und sieht sich neben Margrit auf einer hölzernen, mit Blumenmotiven verzierten Bank vor dem Schuppen seines Vaters sitzen. Er hat einen langen, weißen Bart und runzlige Haut. Nur Margrit kann er sich nicht alt vorstellen. Er öffnet die Augen und seufzt. Beim Weiterlesen ist der Artikel nicht so interessant wie sein Titel. Der Verfasser hat Angst, dass die Deutschen die Macht im Land übernehmen werden. Sogar das ist ihm egal, wenn er neben Margrit sitzen darf.

Das Wetter wird nicht besser, sagt die Meteorologische Station Liestal. Im Gegenteil, in den Bergen hat es wieder geschneit.

So wird der Bider die Alpen nie überqueren können. Anfang Monat hat er es schon versucht, musste aber wieder umkehren, weil seine Maschine die Höhe des Alpenkamms nicht erreicht hat.

In der Basellandschaftlichen stand: «Oskar Bider stieg heute früh punkt 4 Uhr auf dem Beundenfelde zu seinem Fluge nach Mailand auf. Da die Kunde von dem Fluge sich gestern erst am späten Abend verbreitet hatte, war auf dem Startplatze nur ein spärliches, meist aus Mitgliedern der Aeroklubs bestehendes Publikum erschienen. Bider beschrieb zunächst Spiralen über der Stadt, um eine Höhe von über 4000 m zu gewinnen.

Er war bis 4 Uhr 30 sichtbar. Gegen 5 Uhr dürfte er die Richtung nach der Jungfrau eingeschlagen haben. Bider gelangte auf seinem Fluge bis zum Eigergletscher, wo er 5 Uhr 45 eine große Schleife ausführte. Sodann kehrte er über die Schynige-Platte nach dem Thunersee zurück. Schon um 6 Uhr 50 erschien er wieder über der Stadt Bern, wo er alsbald glatt landete.»

Jeden Tag steht jetzt etwas über die Fliegerei in der Zeitung.

In Würzburg ist der Flieger Lendner abgestürzt, steht in drei Zeilen unter «Mitteilungen und Telegramme».

Die Schweiz im Jahr 2000. Wird das Fliegen dann nicht nur verwegenen Pionieren vorbehalten sein? Auch Bider hat damals in Liestal Fluggäste mitgenommen, sein Blériot-Apparat hat eigens dafür einen Passagiersitz. Welch Fortschritt, wenn man pro Maschine drei oder gar vier Passagiere mitnehmen könnte! Doch ein anderer Artikel entmutigt ihn. Marcel Brindejonc des Moulinais erzählt über die «Unannehmlichkeiten einer Reise durch die Luft». Fünftausend Kilometer hat dieser in seiner «Morane-Saulnier H» zurückgelegt und berichtet von heftigen Gegenwinden, heiß laufenden Motoren und dem harten Aufprall bei der Landung.

Die Kerze flackert, obwohl nach wie vor kein Luftzug auszumachen ist. Vielleicht hat Alfred ein wenig zu tief eingeschnauft. So sehr er auch möchte, er kann nicht vergessen, wie ihm Lehrmeister Plattner heute auf die Finger geschlagen hat. Er ist doch kein Bub mehr, den man einfach so züchtigen kann. Er ist tüchtig, er schuftet von früh morgens bis spät abends, selbst wenn der Lehrmeister schon lange nach Hause gegangen ist. Aber dieser ist ein launischer Kerl, der, so hört er es hinter vorgehaltener Hand, gerne die Nächte durchzecht und morgens dann übelgelaunt in der Werkstatt erscheint, um dann wortlos im kleinen Büro hinter der Werkstatt zu verschwinden. Dort liest er zuerst den Landschäftler – die Basellandschaftliche ist ihm politisch nicht geheuer und auch zu teuer, wie er sagt –, bevor er sich um die Arbeit des Tages kümmert. Oder das zumindest sollte.

Und immer schreit er ihn an. Alfred, mach dies, Alfred mach das, und richtig gemacht ist es für ihn ohnehin nie.

Er versucht, seine schwarzen Gedanken mit einer Handbewegung zu verscheuchen. Wieder flackert die Kerze, und für einen Moment glaubt er, Margrits Gesicht in der sich krümmenden Flamme zu erkennen. Um nicht weiter darüber nachdenken zu müssen, beugt er sich über den Fortsetzungsroman.

«Das Herz des Anderen.»

Nicht nur in der Technik werden Fortschritte gemacht, auch in der Medizin. Nur fünf Minuten soll die Operation dauern, in der man das Herz eines anderen Menschen verpflanzt bekommt. Aber wird das überhaupt je möglich sein? Romanschreiber eben, die denken sich so etwas nur aus. Oder wird man im Jahr 2000 wirklich mit dem Herzen eines anderen leben können?

Dann hört er es. Sein eigenes Herz. Es schlägt so schnell und laut, dass ihm unheimlich wird. Das Pochen nimmt jetzt den ganzen Raum ein. Sein Herz. Er will kein anderes. Nur dieses, nicht für sich, für Margrit. Wie sehr sehnt er sich danach, ihre Hand auf seiner Brust zu spüren. Sein Herz gehört ihr, nicht seinem verkaterten Lehrmeister, der ihm die Finger blutig schlägt.

Ein Ruck, und Alfred steht im Bett und muss aufpassen, dass er sich nicht den Kopf am Dachbalken stößt.

Hier kann er nicht bleiben, in dieser Kammer unter dem Dach, in der er nicht einmal aufrecht stehen kann, nicht bei seinem Lehrmeister, der ihn Tag für Tag für Dinge tadelt, die er nicht besser machen könnte.

Er muss zurück zu Margrit.

Zu dieser frühen Morgenstunde fährt noch kein Waldenburgerli. Aber es hätte ohnehin finanziell nicht dringelegen. Mit großen Schritten geht er den Gleisen entlang in Richtung Waldenburg. Er passiert um 5.33 Uhr das Bad Bubendorf, das verschlafen an der Straße hockt. Eine knappe Stunde später kommt er durch Hölstein, um 6.20 ist er endlich in Waldenburg. Seine Beine brennen, so schnell ist er die Strecke noch nie gegangen.

Jetzt noch der Berg, etwa zweihundert Meter Höhenunterschied über den Hauenstein. Sein Atem geht schwer. Die neue Straße hinauf zum Spittel. Zum Glück muss er nicht mehr den alten Römerweg benutzen, der sich noch steiler den Hang hinaufschlängelt. In Sichtweite schon der Chräiegg-Gupf, der von den ersten Sonnenstrahlen über dem Hauenstein getroffen wird. Aber das Tal hinter ihm bleibt noch dunkel, wie ein Tintenfleck auf der Zeitung klebt Waldenburg im Talgrund.

Um 7 Uhr ist endlich die Passhöhe erreicht und Alfred blickt auf sein Dorf herab.

Langenbruck.

Die Dämmerung lässt die Häuser unwirklich erscheinen, fast wie in seinem Traum in dieser Nacht. Die Konturen der Dächer unscharf, milchig die Luft. Aus einzelnen Fenstern scheint Licht, gebrochen vom feinen Nebel, der aus den Wiesen steigt.

Alfred bleibt einen Moment stehen, atmet tief durch, um dann jauchzend loszurennen in Richtung Heimat.

Er rennt durch das Ausserdorf, da die Hauptstraße einen Bogen um den Dorfkern beschreibt, und fünf Minuten später steht er außer Atem vor dem Haus, in den er geboren und aufgewachsen ist. Aber etwas hindert ihn, wie in den Jahren zuvor einfach einzutreten, sich die Füße auf der Matte abzustreifen und sich auf dem Stuhl in der Küche niederzulassen.

Wie ein Dieb schleicht er sich ums Haus.

Als er im Hinterhof angelangt ist, sieht er Licht aus der Küche dringen.

Er nähert sich leise dem Küchenfenster, wagt einen Blick ins Innere. Am runden Küchentisch sitzen Vater und Mutter, Mutter hat ihren Kopf gesenkt, sonst könnte sie ihn sehen, Vater sitzt mit den Rücken zum Fenster. Auf dem Tisch steht der Krug, den Mutter mit bunten Sommerblumen bemalt hat. Beide halten eine der bauchigen Tassen umklammert, die zum Inventar der Küche gehören, seit Alfred denken kann.

Weint Mutter? Vater dreht sich abrupt um. Hat er etwas gehört? Hier kann er nicht bleiben. Entweder geht er jetzt zum Vordereingang, klopft an und erklärt sich seinen Eltern. Oder er macht sich auf den Weg zurück nach Liestal. Im schlimmsten Fall kommt er am Mittag an, erhält eine Standpauke oder gar eine Tracht Prügel von Plattner. Aber keiner würde je erfahren, wo er gewesen ist. Oder doch? Er hätte den Brief nicht auf der Hobelbank der Werkstatt hinterlegen sollen. Er hätte ihn gar nicht schreiben dürfen, nicht in diesen bestimmten Worten.

Doch etwas lässt ihn diesen Gedanken nicht weiterverfolgen. Wenn es wirklich Tränen auf Mutters Wange waren, was war denn der Grund für ihr Weinen? Er hat sie noch nie weinen sehen. Er duckt sich, huscht unter dem Fenster durch in Richtung Schuppen.

Leise öffnet er die Tür zum Schuppen und huscht durch den Spalt. Drinnen ist es dunkel, doch er kennt sich aus wie in seiner Hosentasche. Drei Schritte, und er steht vor der Tür zur Scheune. Diese öffnet er noch vorsichtiger, da das Geräusch nun auch vom Hausgang aus zu hören wäre. In der Scheune geht er auf Zehenspitzen zu der Stelle, wo sich ein kleines Astloch in der hölzernen Wand befindet. Dort war früher eine Durchgangstür zum Haus, die vor Jahren mit Brettern vernagelt wurde. Er späht hindurch.

Können sie ihn sehen? Unmöglich. Aber umgekehrt überblickt er fast die ganze Küche.

Er sieht, wie der Vater der Mutter übers Haar streicht. Alfred hat noch nie gesehen, dass der Vater dies getan hätte. Nicht, dass sie nie Zärtlichkeiten ausgetauscht hätten in seiner Anwesenheit, ein Streicheln der Finger, Arme, Händehalten, wenn es sonst niemand sah. Aber das hier war etwas anderes. Es sah kein Glück in ihren Augen.

«Das wird schon», sagt der Vater.

Er hört nicht, was ihm die Mutter antwortet. Er kann nur den Vater nicken sehen.

«Alfred ist ein guter Junge. Aber er hat noch Flausen», sagt er schließlich. «Wir bekommen das schon hin, wir beide. Er kann mir auf dem Hof helfen.»

Sie sprechen über ihn. Hat Lehrmeister Plattner Ihnen schon sein Leid mit ihm geklagt? Wird er ohnehin aus der Lehre entlassen?

Dann richtet sich Mutter mit einem Ruck auf. Alfred erschrickt und duckt sich unwillkürlich.

«Lass den Alfred seine Lehre fertigmachen!», sagt sie bestimmt, so dass es auch Alfred durch die die Wand hören kann.

«Wenn er jetzt auf dem Hof hilft, dann wird er nie etwas Vernünftiges lernen.»

Vater sperrt den Mund weit auf. Das kann er sehen, dann aber wendet der Vater den Kopf in die andere Richtung und sagt etwas, das Alfred nicht versteht.

«Ich werde bald sterben, sagt der Doktor», hört er ihre Stimme dumpf durch den Täfer, «es geht nicht mehr lange, dann kann ich dir nicht mehr helfen auf dem Hof. Aber Alfred darf seine Lehre deswegen nicht abbrechen. Um nichts auf der Welt.»

Alfred macht einen Schritt rückwärts, stolpert und fällt auf den Hintern. Ein spitzer Stein sticht ihm ins Sitzfleisch. Er hält sich die Hand vor den Mund, um den Schrei zu ersticken.

Plötzlich fällt es ihm wie Schuppen von den Augen. Mutters Müdigkeit, ihre nachlassende Kraft. Das ist nicht das Alter. Das ist eine Krankheit, die sie ihm verschwiegen haben. Eine, die zum Tod führt, die ihm seine Mutter raubt.

Er kriecht auf dem Hosenboden rückwärts in Richtung Schuppen. Als er die Bretter der Tür im Rücken spürt, richtet er sich auf, öffnet sie und flüchtet hinein.

So kann er Mutter nicht unter die Augen kommen. Es zieht in seiner Brust. Was soll er tun?

Wenn er einfach wegliefe? Es würde Mutter das Herz brechen. Aber war nicht alles besser, als die Enttäuschung in ihren Augen sehen zu müssen?

Wegrennen, einfach davon, das scheint ihm der einfachste Weg. Nichts erklären zu müssen. Einfach nicht da sein, nicht wissen, was passiert. Nicht den Tod in Mutters Gesicht sehen.

Alfred schämt sich. Er schämt sich, nur an sich und seine Zukunft mit Margrit gedacht zu haben. Er will weit weg sein von hier. Nicht denken müssen, was seine überstürzte Flucht aus der Dachkammer für Folgen haben könnte.

Unter der Holzbeige, die von einer Plane überspannt ist, hat er ein Loch gegraben, und darin stecken ein paar Zehnräppler, die er sich in die Hosentasche stopft.

Alfred geht gebückt in Richtung des Zufahrtsweges. Dann richtet er sich auf und rennt. Er durchquert die Dorfgasse, den Sanatoriumsweg, wo früher der Einsiedler hauste, hoch zum Schwengiweg.

Unten auf der Hauptstraße hört er die Postkutsche aus Balsthal heranrattern. Er duckt sich hinter einen Strauch, er geht langsam einige Schritte rückwärts, damit er die Kutsche im Blickfeld hat. Er tritt mitten in einen Kuhfladen, Fliegen brausen in einer schwarzen Wolke empor. Alfred hält sich Mund und Nase zu, um kein Insekt zu verschlucken. Der Boden ist hier zertrampelt: die Kühe, die frühmorgens auf die Weide getrieben werden. Alfred rennt wieder und verlässt den Weg. Das Gras jetzt hüfthoch, vom Tau genässt, der Boden vom Regen aufgeweicht. Er durchquert den Schwängibärg und sieht unter sich das Wirtshaus mit dem Glockentürmchen. Plötzlich neben seinem Ohr ein Zwitschern, eine junge Meise, die sich von einem dünnen Ast zum anderen hangelt, die aber geben nach, nicht dicker als ein Strohhalm, vermögen sie nicht einmal das leichte Vögelchen zu tragen, immer abwärts, es kann nicht fliegen, es zwitschert und flattert verzweifelt. Alfred möchte es auffangen, aber dann erschrickt er, ein Feldhase groß wie ein junges Reh steht vor ihm, ist wohl selber erschrocken, bleibt einfach stehen. Ein Bussard wirft seinen Schatten über ihn, keine Angst, denkt Alfred, er sucht nur Mäuse, aber den Bussard kümmert es nicht, dass Alfred da steht, und schon gar nicht, was er denkt, sondern sticht nieder und schnappt sich das junge Vögelchen, um dann wieder in die Lüfte zu steigen.

Der Alpenflug, April 2012

Sarah drehte sich nach mir um: «Komm schon.» Mit raschen Schritten ging sie voran, ihre Locken wippten im Takt. Mir wurde einen Moment schwindlig, als ich in die grelle Sonne hochsah. Rasch senkte ich meinen Blick. In den Ritzen des brüchigen Asphalts wuchs Klee, Ameisen hatten sich eine Straße in einer Wasserrille gebaut und wuselten hektisch auf und ab. Benzingeruch stieg mir in die Nase. Dann plötzlich Gras unter meinen Füssen.

«Nicht so lahm», sagte Sarah. «Oder willst du nicht mehr?» Wir waren keine hundert Meter über die Piste gegangen, aber ich war schon außer Atem. Sie drehte sich wieder um und lachte im Gehen. Plötzlich blieb sie stehen.

«Da ist sie.»

Da ich meinen Blick noch immer auf den Boden und Sarahs weiße EasyTone-Turnschuhe gerichtet hatte, verstand ich nicht gleich, wovon sie sprach, aber dann sah ich auf und stand vor dem Propeller eines weißen blau-grün gestreiften Kleinflugzeugs.

«Meine Skycatcher», sagte Sarah mit leuchteten Augen, die Arme wie eine dieser Fernsehassistentinnen zur schnittigen Maschine gerichtet. Ich hob die Canon. Sarah vor der Cessna. Was die Kamera nicht einfangen konnte: ihre wippenden Füße, ihre zuckenden Lippen.

Was die Kamera einfing: das Strahlen, der Stolz, ihr blondes Haar unter dem weißen Flügel, das aerodynamische Fahrgestell, ihre engen Jeans, Zoom auf ihre Schenkel. Sie drehte sich weg und stieg auf die Radverschalung.

«Rein mit dir.»

Mit ihrer Aufforderung kam das Zittern, ich ließ die Kamera sinken. Ihre Augen fordernd, fragend, komm, steig ein, sei kein Frosch.

«Was ist? Du willst doch über die Alpen fliegen.»

Sie schob die Tür mit dem großen Sichtfenster nach oben. Nur zwei Sitze hatte die Maschine. Sarah hievte sich in das Velours empor. Sie winkte. Ich stand noch immer auf dem Gras, aber das Zittern hatte nachgelassen. Wieder hob ich die Kamera. Sarah hinter dem Steuerknüppel, eine breitrandige schwarze Sonnenbrille auf der Nase. Sie schob sie hoch und winkte wieder, dann vollführte sie mit der Hand Kreisbewegungen. Komm schon, wir wollen nicht ewig warten, mein Vogel und ich.

Ich wusste nicht, was ich tun sollte. Hatte ich schlechtes Wetter erwartet? Es war heiß, sonnig und wolkenlos. Hatte ich gehofft, sie würde mir erst einen Termin in zwei bis drei Wochen anbieten können? Bis dann hätte ich Zeit zum Überlegen gehabt.

«Ich habe Angst», sagte ich. Aber sie konnte es nicht hören, weil sie bereits den Motor angeworfen hatte und der Propeller wie der Wind durch den Wald oberhalb der Fraurütti rauschte.

Ich ließ die Kamera baumeln und erklomm den Einstieg. Einen Moment gaben meine Beine nach, dann aber hatte mich Sarah an den Armen gepackt und wie einen nassen Postsack in die Maschine gezerrt.

Meine Finger klammerten sich ins Lederpolster. Meine Hände kalt, kühler Schweiß auch auf meiner Stirn. Ein Kloß in meinem Hals, ich konnte nichts sagen, während die Cessna beschleunigte. Sarah hinter dem Steuerknüppel, konzentriert, keine Zeit für einen zitternden Schwächling.

Dann zog sie die Maschine hoch. Das Blut schoss mir in den Kopf wie damals auf dem alten Karrenweg.

Mein Magen krampfte sich zusammen, die Innenseiten meiner Hände waren feucht. Ich hörte mein Herz durch das Dröhnen des Motors hindurch. Ich würde das Leder bezahlen müssen, meine Fingernägel gruben sich tief in die Sitzkante zwischen meinen Beinen. Die Maschine rüttelte ein wenig, dann legte Sarah eine Kurve ein, wobei mir fast das Bier hochkam, dann aber wurde der Flug ruhig.

Ich wischte mir mit dem Taschentuch über die Stirn.

«Na, das Schlimmste ist überstanden», stelle Sarah mit einem Lächeln fest. Sie legte mir die rechte Hand aufs Knie und ließ sie dort ein paar Sekunden ruhen. Ich widerstand dem Verlangen, ihre Hand zu greifen. Zum einen, weil es mir lieber gewesen wäre, wenn sie den Steuerknüppel mit beiden Händen hielte, zum anderen, weil ich mich wegen meiner Schweißausbrüche schämte. Ich drehte den Kopf nach links. Sarah schaute nach vorne, konzentriert, beide Hände wieder am Steuer. Wir waren noch immer im Steigflug.

Sehr komfortabel war die Innenausstattung nicht, hinter uns hätte es noch etwas Platz für Gepäck, aber dort stapelten sich bloß Zeitungen und Karten übereinander.

Spielzeug unter uns, Hügel, Bäume, Wege, alles im Miniaturformat. Ich konnte nicht erkennen, wo wir waren. Wir würden wohl Richtung Hauenstein fliegen, vielleicht schon bald Olten erreichen.

«Wie schnell fliegt denn die Kiste?»

Sarah lächelte.

«Die Skycatcher macht über 200 Sachen. Aber noch haben wir nicht die Höchstgeschwindigkeit erreicht.»

Ich rechnete. «Also müssten wir schon bald Olten erreicht haben?»

Sarah zog die Lippen etwas nach oben.

«Wir fliegen nicht über Olten. Wir nehmen den Weg über das Baselbiet, schau mal, das da unten ist Känerkinden, dahinter die A2.»

Ich wäre am liebsten ausgestiegen, als mich die Erkenntnis überkam: Sarah wollte Langenbruck überfliegen. Ich hatte plötzlich das Bedürfnis, am zweiten Steuerknüppel für die Flugschüler neben mir zu zerren, um das Flugzeug in eine andere Richtung zu lenken.

Sarah fixierte mich von der Seite, mach jetzt keinen Blödsinn, Mann.

Ihre Hand wieder auf meinem Knie, wohl um mich zu beruhigen. Aber selbst die Wärme ihrer Handflächen konnte das Zittern nicht verhindern. Starr mein Blick geradeaus.

«Bei mir bist du in guten Händen», meinte Sarah, «Schau mal nach unten, wir sind schon über Waldenburg.»

Ich atmete tief durch, wagte einen seitlichen Blick. Sarah konzentriert, aber doch mit hellem Blick, ihre Wangen straff, die Lippen aber leicht offen, als wolle sie noch etwas sagen.

Durch die Frontscheibe konnte ich das schmale Dorf im Talgrund erkennen. Ja, das musste Waldenburg sein. Auf dem vorstehenden Felsen über dem Dorf die

Ruine der schon vor über zweihundert Jahren zerstörten Burg, das obere Tor gegen den Hauenstein hin.

Dann zog Sarah die Maschine in einer Steilkurve nach links, ich konnte die Straße hin zur Passhöhe erkennen. Linkerhand, auf Sarahs Seite, lag unter mir das Kloster Schönthal. Obwohl der Berg zur Passhöhe anstieg, senkte sich die Nase des Flugzeugs. Wir waren bald nahe den Baumwipfeln, kurz vor der Hochebene, auf der auch Langenbruck lag. Genau unter mir musste sich der alte Römerweg befinden, wo sich Pierre und ich mit den Geronimo duelliert hatten.

«Nicht zu dicht an die Bäume», sagte ich fast flehentlich. Sarahs Lippen zuckten wieder nach oben, sie hatte es eindeutig mit einem Waschlappen zu tun.

«Was ist denn los mir dir?», fragte sie, und es klang nicht spöttisch, obwohl ich mich nicht getraute, mich ganz nach ihr umzudrehen.

«Ich bin noch nie geflogen», sagte ich. «Seit damals konnte ich einfach nie in ein Flugzeug einsteigen.»

«Du bist nie geflogen?» Ihre Überraschung war ehrlich. «Hast du vorhin nicht erzählt, du wärst Modefotograf? Ich hatte gedacht, du wärst weit rumgekommen.» Sie überlegte einen Moment, und als ich nicht antwortete, sagte sie: «Naja, Europa hast du sicher mit dem Auto oder Zug gemacht, aber was ist mit New York?»

«Ich war noch nicht in New York. Ich war noch nie außerhalb Europas.»

Sarah nickte. Ihr Hals in Bewegung, ihre weiße Haut, feine Strukturen. Wenn ich mich getraut hätte, die Kamera hervorzunehmen, ich hätte mich in diesem Moment nur auf den Hals konzentriert. Ich dachte an die fertigen Bilder.

Das Zittern ließ nach.

Sarah zeigte mit dem Finger. Ich hatte nicht bemerkt, dass sie die Maschine nach rechts gezogen hatte und genau auf die Fraurütti zusteuerte.

«Hör auf damit!», wollte ich sagen, aber ich blieb stumm. Vor mir lag der Abhang, den wir zu dritt den Gleiter hinaufgeschleppt hatten. Als hätte ich die Kamera am Auge, sah ich zwei schwitzende Jungs und das Mädchen mit dem wippenden Haar im Sucher. Zoom auf die Tragfläche. Die Sonne grell auf dem Shirting. Dann Weitwinkel. Wolken über der Wanne. «Pass auf, Sarah», wollte ich rufen, «wir fliegen direkt in ein Gewitter!» Aber Sarah hatte die Maschine wieder scharf nach links gezogen, unter mir die Welt in Schieflage.

Wir flogen in Richtung Kirche. Der Friedhof kam in Sicht. Von wie vielen Grabsteinen kannte ich die Inschrift?

Aber meine Gedanken hatten keine Zeit, sich festzusetzen, denn Sarah drückte noch weiter aufs Höhenruder und wir touchierten fast den Kirchturm. Die Bilder zogen wie ein Film an mir vorbei. Die Gasthäuser Kreuz und Ochsen, Großvaters Schuppen, die Bider-Baracke.

Sarah zog die Maschine wieder hoch, einen Moment hatte ich schon befürchtet, sie wolle in den Erlen landen.

Dann nur Himmel.

Wir redeten nicht. Nach fünfzehn Minuten hatten wir Bern erreicht. Meine Ohren schmerzten, als die Maschine weiter nach oben stieg. Wir zogen Kreise, um noch mehr Höhe zu erreichen.

«Ich übe nur», sagte Sarah, «so muss ich fliegen, um mit der Blériot über den Berg zu kommen. Genau wie Bider damals.»

Bider. Als ich diesen Namen hörte, sah ich wieder Großvater vor dem Schuppen, die Villiger im Mundwinkel. Wie er sich mit einem Grunzen vorbeugte und Sarah, Pierre und ich mucksmäuschenstill wurden, weil wir wussten, er würde wieder eine seiner Geschichte aus der Vergangenheit zum Besten geben.

«Der 13. Mai 1913», hatte er in jenem Sommer 1980 erzählt, «war der Tag gewesen, an dem Bider die Alpen zum ersten Mal besiegt hatte. Und das mit dieser doppelten Unglückszahl. Bider nannte das seinen ‹kleinen Alpenflug›.» Er zwinkerte mit dem rechten Auge, er musste das irgendwo gelesen haben. «Bider durchflog mehrere Spiralen, war zuerst auf 1000 Meter, flog bis Stettlen, dann wieder bis Bern, nächste Spirale, wie der Zug am Gotthard immer wieder das Kirchlein von Wasen passiert, so überflog Bider immer wieder Bern, bis er endlich die notwendige Höhe erreicht hatte. Dann erst konnte er das Stockhorn überfliegen, ganze 3400 Meter hoch. Weiter zum Wildhorn, dem Wildstrubel. Die Berner Alpen und darüber die Walliser Alpen.»

Großvater hatte mit der Rechten eine Geste vollführt, wobei er sich fast die Villiger aus dem Gesicht gewischt hätte. Ich hatte in die Runde geblickt. Sarah und Pierre waren an seinen Lippen gehangen. Ich konnte der schweizerischen Geographiereise nicht folgen, ich hatte nicht gewusst, wo sich diese Berge befanden. Irgendwo in den Alpen halt, aber ich hatte sie nicht verorten können.

Sarah räusperte sich. Ich war wohl ein paar Minuten lang in Gedanken versunken. Ich drehte mich zu ihr um.

Sarah hinter ihrem Steuerknüppel. Sie schien zu lächeln, aber vielleicht sah das von der Seite auch nur so aus.

«So, wir sind hoch genug», sagte sie. «Jetzt geht's erst richtig los.»

Ich verstand nicht auf Anhieb, aber Sarah riss das Steuer herum und das Flugzeug zog eine Kurve und die Berge standen quer. Ich schloss die Augen.

Im Hotel Bären, Bern, 12. Juli 1913

Alfred wundert sich, dass ihn niemand aufhält. Langsam geht er die Stufen des Hotels empor. Der Concierge nickt ihm bloß zu, als er ihm die schwere Holztür am Messinggriff aufhält. Alle scheinen sie ihm zuzunicken. Eine Stadt der Kopfnicker. Er ist noch nie zuvor in der Hauptstadt gewesen. Vom Bahnhof zieht es ihn direkt auf den Bundesplatz, wo im mächtigen Parlamentsgebäude die Regierung bestimmt in diesem Moment über den Balkankrieg berät. Oder, wenn der zu weit weg sein sollte, über die Deutschen, die das Land übernehmen wollen.

Die Fahrt nach Bern verlief ohne Zwischenfälle. Der Kontrolleur nahm sein Billett wortlos entgegen und knipste ein Loch hinein, wobei er ihn nicht einmal eines Blickes würdigte. Einzig der Beamte in Balsthal schaute etwas schief, als er seine Zehnräppler auf die Theke des Schalters kullern ließ. Das Ersparte des letzten Jahres, mit Verdingarbeit hart verdientes Geld.

Als er in die Eingangshalle des «Bären» tritt, trifft ihn der Glanz ganz unvermittelt. Der Leuchter an der Decke, die geschwungene Treppe, so viel Licht. Dass Bider in Bern bei seinem Cousin logiere und zur Mittagszeit oft im Hotel Bären anzutreffen sei, hat er in der Zeitung gelesen, die ein Fahrgast achtlos neben ihm auf der Sitzbank liegen gelassen hatte. Aber diesen

Glanz hatte er sich dabei nicht vorstellen können. Nie hätte dieser Leuchter in das niedrige Bauernhaus in Langenbruck gepasst. Vielleicht noch in die Scheune, aber da hätte das funkelnde Glas einfach nicht hineingehört.

Als er den Empfang ansteuert, hat er keinen Plan. Er hat sich nichts zurechtgelegt, das er nun aus dem Kopf abrufen könnte. Im letzten Moment, noch bevor die Empfangsdame ihn ansprechen kann, wendet er sich an den Pagen beim Lift.

«Ist der Bider da?», fragt er ihn.

Der Page mustert ihn zuerst argwöhnisch, seine Augen scheinen Alfred zu durchdringen. Als sich Alfred schon abwenden will, zeigt sich im Gesicht des Jungen ein Schmunzeln. Mit einer Kopfbewegung deutet er zum Speisesaal hin. Alfred dankt ebenfalls stumm. Langsam geht er in die Richtung, in die der Junge gezeigt hat. Über das glänzende Parkett und weiche Läufer hinein in den lichtdurchfluteten Speisesaal.

Da sitzt er, der Bider.

Alleine an einem Tisch mitten im hohen Raum. Es ist nicht mehr Essenszeit, Bider hat ein leeres Glas vor sich stehen und starrt zur Fensterfront.

Alfred räuspert sich, als er vor ihm steht.

Bider dreht seinen Kopf langsam zu ihm hin und scheint ihn zuerst gar nicht zu sehen. Dann aber zucken seine Brauen.

«Ah, der kleine Aebi Alfred aus meinem Dorf. Das ist nett, dass du mich an meinem 22. Geburtstag besuchen kommst.»

Alfreds Augen werden groß, das hat er nicht gewusst.

Bider bedeutet ihm mit einer Handbewegung, Platz zu nehmen. Alfred rückt einen der schweren Stühle ein wenig vom runden Tisch weg und setzt sich auf die Kante. Der Tisch ist noch voll mit Gedeck, es müssen sich hier vor kurzer Zeit noch andere Gäste aufgehalten haben.

Bider fragt nicht, woher er kommt und was er hier will. Irgendwie wirkt er etwas seltsam, entrückt, als ob er in Gedanken weit weg wäre.

«Soll ich fliegen?», fragt er unvermittelt. Als ob Alfred die Frage verstehen könnte. Er flog doch schon, er hatte es selber gesehen, in Liestal und dann in Langenbruck. Doch Bider fährt fort, ohne auf eine Antwort zu warten.

«Es ist eisig kalt dort oben. Der Wind spielt mit der Maschine wie mit einer Marionette. Nicht ich ziehe die Fäden, sondern die Kräfte der Natur. Mein Schicksal liegt in ihrer Hand.»

Als Bider ihm direkt in die Augen sieht, wird Alfred rot.

«Alfred», sagt Bider, «versprichst du mir, dass du meiner kleinen Schwester sagst, sie soll nicht um mich weinen, wenn ich da oben sterben sollte? Ich weiß nicht, ob Leny es verkraftet, wenn ich nicht mehr bei ihr bin. Sie muss aber stark sein. Es trifft sich sehr gut, dass du da bist. Ich überlege schon seit Tagen, wie ich ihr das hier übermitteln könnte, falls etwas schiefgeht.»

Dann kramt Bider einen Umschlag aus seiner Jackentasche und drückt ihn fest in seine Hand.

«Falls ich nicht zurückkomme, gib ihr bitte diesen Brief. Versprichst du es?»

Alfred hört seine eigenen Worte kaum, als er sagt: «Ich verspreche es.»

Plötzlich erwacht Bider aus seiner scheinbaren Trance.

«Danke», sagt er mit festem Ton, «du hast mir sehr

geholfen. Wie immer ist der kleine Aebi Alfred zur Stelle, wenn man ihn braucht.»

Dann lacht Bider laut los.

«Aber sag mal, wo kommst du denn her? Und wie zum Teufel hast du mich hier im Bären gefunden?»

«Ich will fliegen», hört sich Alfred sagen. Das hat er nicht geplant, er hat diesen Gedanken erst einmal vorher laut gedacht, damals bei Saniez auf der Wiese, und es rutscht einfach so aus ihm heraus.

Wieder lacht Bider laut, so dass es im Raum wiederhallt.

«Du hast schon so viel für mich getan, ich würde dich gerne einmal als Passagier mitnehmen. Aber jetzt geht es nicht, ich habe mit Saniez den Passagiersitz entfernt, um einen zweiten Tank einzubauen. Ich dachte, mir geht das Benzin oben auf dem Gipfel aus. Aber mit vollem Tank ist der Apparat zu schwer, der Motor schafft die Höhe kaum.»

Bider seufzt: «Ich weiß nicht, was genau ich machen muss, um über den Berg zu kommen.»

Alfred schaut zu Boden. Auch wenn er seinen Traum vom Fliegen bisher mit niemandem außer Saniez teilen konnte, so hat er doch keinen Moment an eine Absage geglaubt. Er versteht zwar, dass Bider sich gut auf den Alpenflug vorbereiten muss, trotzdem stimmen ihn seine Worte traurig.

«Du bist extra deswegen hergekommen, nicht? Um mit mir zu fliegen. Warum hast du nicht damals in Liestal gefragt? Oder in Langenbruck? Warum ausgerechnet hier in Bern, wo ich nur darauf warte, dass das Wetter besser wird und ich die Alpen bezwingen kann?»

Alfred schüttelt den Kopf. Er kennt die Antwort nicht. Bider schüttelt seinerseits den Kopf, scherzhaft tadelnd.

«Du bist ausgerissen, oder?»

Alfred nickt. Er kann diesen Mann nicht belügen. Er erwartet nun, dass Bider ihn dem Hotelpersonal meldet. Aber er lächelt nur.

«Ich kenne das», sagt Bider. «Ich bin ständig davongelaufen. Zuerst vor dem Beruf meines Vaters, dann vor der Enge dieses Landes in die Weiten der argentinischen Pampa, und jetzt versuche ich mein Glück in der Luft. Aber mir reicht es nicht, die Kalkgipfel der Pyrenäen zu überqueren oder die Hügel unseres Baselbiets, es muss immer höher gehen, immer weiter. Ich weiß nicht, warum ich nicht damit aufhören kann.»

Wieder dreht sich Bider zur Fensterfront.

«Mein Körper schreit nach Freiheit und Licht. Lieber pflüge ich die Felder um, als in einer engen Kammer zu verrotten. Lieber stelle ich mich den Gefahren des Himmels, als auf der Erde festzukleben.»

Alfred schluckt leer. Genauso geht es doch ihm. Er kann nicht mehr in Plattners Werkstatt zurück. Er würde erstickt, erdrückt von der Last der Enge und der Engstirnigkeit seines Lehrmeisters.

Bider steht unvermittelt auf.

«Du musst jetzt nach Hause. Hast du ein Billett für die Rückfahrt?»

Alfred schüttelt den Kopf.

Bider kramt in der Tasche seiner grauen Flanellhose und drückt Alfred eine Münze in die Hand.

«Da, das sollte reichen. Da du mich schon an meinem Geburtstag besuchst, nehme ich dich als Passagier mit, wenn ich nach meinem Flug über die Alpen zurück bin. Auch das ist ein Versprechen.»

Alfred strahlt über beide Backen. Er würde fliegen!

«Aber nur, wenn du versprichst, jetzt nach Hause zu

gehen und dort zu bleiben, bis ich wieder nach Langenbruck komme und dich abhole.»

Alfred will sagen, dass das nicht geht, er kann nicht
zurück, aber ebenso wenig kann er Bider etwas abschlagen.

«Ich verspreche es», sagt er, «und ich halte meine
Versprechen.»

Dann verlässt Bider mit entschlossenem Schritt den
Speisesaal und lässt Alfred auf seinem Stuhl alleine.

Über den Berg, April 2012

Als ich meine Augen wieder öffnete und nach unten sah, waren wir dem Fels ganz nahe, schienen den Bergkamm zu streifen. Wieder begannen meine Handflächen feucht zu werden

«Das Jungfraujoch», kam Sarah meiner Frage zuvor, «die Grenze zum Wallis. Schau, das Sphinx-Observatorium.»

Ich wagte einen Blick aus dem Seitenfenster. Die Sicht auf den Aletschgletscher war zugegebenermaßen atemberaubend.

Jetzt nur das Schnurren des Motors. Sonst störte nichts. Wilde, schöne Natur, die Skycatcher segelte ruhig über die Bergspitzen. Unter uns ein weiteres Massiv. Ich kannte den Unterschied nicht, wo endeten die Berner Alpen, wo fingen die Walliser Alpen an? Nur Berggipfel in der Sonne. Ruhe überkam mich.

Dann eine Spalte und plötzlich ein großer Raum. Das musste das Wallis sein.

«Das Eggishorn», sagte Sarah und zeigte auf den unscheinbaren Gipfel vor uns.

«Warum willst du diesen Flug mit der Blériot machen? Das ist doch nur eine mit Stoff bespannte Holzkiste.» Meine Frage schien Sarah einen Moment aus der Fassung zu bringen. Die Skycatcher schaukelte, so dass ich mich wieder ins Leder krallte. Aber ich ließ mich nicht abschütteln: «Wir haben es einmal versucht und sind gescheitert. Warum jetzt wieder?»

Sarah riss den Steuerknüppel nach hinten, das Flugzeug stemmte sich mit der Spitze nach oben in die Luft. Nur Himmel war jetzt zu sehen. Ihre Augen starrten nach vorne durchs Cockpitfenster, sie lächelte nicht, über ihre rechte Wange zog sich eine feine Linie, als hätte sie jemand mit dem Bleistift gezogen. Dann stieß sie das Steuer nach vorn, die Skycatcher senkte die Nase wieder, und ich sah schneebedeckten Fels, der schnell näher kam. Mir wurde schwindlig von diesem Auf und Ab. Doch, als ich mich schon übergeben wollte, war der Berg überwunden. Trotzdem blieb mir die Luft weg, als wir ins obere Rhonetal stießen und knapp über den Gleitschirmlandeplatz von Fiesch brausten.

Ich sah nun wieder ein Lächeln auf Sarahs Lippen, sie schien mir sogar zuzuzwinkern. Dann wurde ihre Mine aber wieder ernst.

«Vielleicht hatten wir damals keine genauen Pläne», sagte sie, «ich baue meine Blériot jedenfalls nicht nach einer Skizze aus dem Antiquariat.»

Was sie damit wohl meinte? Wir drehten nun wieder Richtung Süden. Als das Flugzeug danach ruhig in der Luft lag, sagte Sarah: «Wir dachten, wir hätten die Originalpläne vom Normalflugapparat, also vom Typ 11, vor uns. Aber vielleicht war die Zeichnung einfach nur eine Ideenskizze, ein unausgereifter Entwurf Lilienthals.» Sarah hielt einen Moment inne, als ob sie sich die Gedanken zurechtlegen müsste, und fuhr dann etwas leiser fort, so dass ich sie kaum verstehen konnte: «Der Pilot hängt eigentlich zu hoch im Apparat, dadurch ist der Schwerpunkt zu weit oben. Das macht den Gleiter gefährlich, weil es schwierig ist, ihn im Gleichgewicht zu halten. Ich hätte heute zwei zusätzliche Längshölzer im Bereich des Cockpits eingebaut. Mit diesen Längshölzern unter den Achseln hätte Pierre tiefer im Apparat hängen und den Gleiter besser balancieren können. Damit wären auch die Armmanschetten überflüssig geworden, denn er hätte sich am Griffholz festhalten und die Steuerhebel besser bedienen können. Mit dem niedrigeren Schwerpunkt und der größeren Armfreiheit hätte er den Apparat vielleicht besser in den Griff bekommen. Und wenn nicht, wäre er bei dem Unfall zumindest nicht direkt aufs Gestellkreuz geprallt.»

Ich schluckte leer, der Druck auf meinen Ohren löste sich. Ich hatte mich im Gegensatz zu Sarah nie mit solchen Fragen beschäftigt.

«Du darfst nicht fliegen», setzte ich erneut an, wusste aber nicht, ob sie mich verstanden hatte. Sie schwieg einen Augenblick, zog dann ihre rechte Braue nach oben und sagte: «Wir hätten damals auf deinen Großvater hören sollen. Aber seit damals entscheide ich selber», dann zog sie die Maschine nach links, und wir vollführten eine langgezogene Kurve über das unter uns liegende Tal.

«Da vorne fängt Italien an», sagte sie ruhig, «da darf ich nicht weiter. Nicht heute.»

Alfreds Rückkehr,
Langenbruck im Sommer 1913

Alfred steht zitternd neben Margrit. Er sucht ihre Hand, aber Margrit zieht die Finger immer wieder zurück. Alfred meint den Grund zu kennen. Ihr Vater steht in der Reihe vor ihnen. Er saugt an seinem Stumpen und der Wind bläst den beiden Rauch ins Gesicht. Margrits Vater mag Alfred nicht, das weiß Alfred. Ein Bauernsohn, das ist nichts für die Tochter eines betuchten Industriellen. Ein Bauernsohn ohne Ausbildung noch weniger. Es hat sich rasch im Dorf herumgesprochen, dass Alfred von seiner Lehre ausgerissen ist, einfach abgehauen in dunkler Nacht, um in Bern zu wohnen. Aber die Hauptstadt muss dem Bauerntölpel wohl doch zu groß gewesen sein, so dass er eines Morgens ganz unverhofft wieder in Langenbruck aufgetaucht ist.

Alfred hat den Kopf gesenkt. Sie würden nie den Segen von Margrits Vater bekommen, er habe ihr schon mit Enterbung gedroht, hatte sie ihm hinten im Schuppen verraten.

Hinten im Schuppen.

Alfred wird ganz heiß, als er an den Schuppen denkt. Dort hatte er sich versteckt, nachdem er am frühen Morgen des 13. Juli im verschlafenen, nebelverhangenen Langenbruck angekommen war. Noch am selben Tag, als Bider ihn im Hotel Bären in Bern sitzen gelassen hatte, war er mit seinem Geld bis Basel mit dem Zug gereist. Die Nacht hatte er auf der Schützenmatte verbracht, die er unbedingt sehen wollte, weil dort im März die Flugtage stattgefunden hatten. Er stellt sich vor, wie er ihnen allen bald die Hand schütteln würde: Maffei, Audermars – und natürlich Bider.

Der Platz war groß und leer, keine Spuren mehr, dass hier irgendwann Flugzeuge gelandet wären. Er hatte sich am Rande des Feldes unter eine Eiche gelegt und war sofort eingeschlafen. Kurz nach Mitternacht war er erwacht. Nichts hatte ihn mehr gehalten, und er war losmarschiert nach Liestal. Dunkel führte die Straße durch Muttenz und Pratteln. Frenkendorf klebte wie eine fette Spinne am Hügel, und Liestal im Frenkental schien im Tiefschlaf zu liegen. Trotzdem erfüllte ihn ein mulmiges Gefühl, als er den Bahnhof erreicht hatte. Vor zwei Tagen hatte er schon einmal hier gestanden, nachdem er Lehrmeister Plattners Dachkammer fluchtartig verlassen hatte. Er kannte den Weg wie seine Hosentasche. Hölstein, Waldenburg, dann die Steigung zur Passhöhe nach Langenbruck. Wie pochte ihm das Herz, als er im Morgennebel die ihm so vertrauten Häuser erkannte. Diesmal ging er die Hauptstraße entlang, am Kurhaus vorbei, nicht einmal dort war ein Licht zu sehen.

Dann stand er vor seinem Elternhaus wie schon zwei Tage zuvor. Was sollte er tun? Anklopfen? Rufen? Er brachte es nicht über sich. Stattdessen schlich er sich ums Haus und öffnete die Tür zum Schuppen. Die war wie immer offen.

Im Stroh machte er es sich bequem und war bald darauf eingenickt.

Doch diesmal war seine Rückkehr entdeckt worden.

Margrit hatte nicht schlafen können, seit sie weinend von Alfreds Mutter gefragt wurde, ob sie vielleicht wisse, wo ihr Sohn geblieben sei. Natürlich hatte sie nichts gewusst, wie auch, Alfred hatte ja keiner Menschenseele davon erzählt.

Aber seit dieser Stunde hatte Margrit immer wieder am Fenster gestanden und zum weiter unten liegenden Haus der Aebis hinabgeschaut. Und an diesem Morgen hatte sie einen Schatten in den Schuppen huschen sehen. Wer sonst als Alfred hätte das sein können? Und so hatte sich Margrit eine Strickjacke umgelegt und sich aus dem Haus geschlichen. Die Tür des Schuppens war nur angelehnt und hatte leicht gequietscht, als sie sie öffnete. Alfred hatte nichts davon bemerkt. Schnarchend lag er im Stroh. Margrit hatte ihre Strickjacke genommen und sie über den Schlafenden gelegt. Vielleicht hatte sie auch geweint, aber das hatte sie Alfred nicht erzählt.

Leise hatte sie sich ins Stroh gesetzt und ihren Arm um seine Schulter gelegt. Sie hatte ihren Kopf an seine Schulter gelehnt – da war Alfred wohl aufgewacht.

Ihre Wärme war durch ihn gerast, als er sie an seiner Seite spürte. Die Erleichterung, dass sie zu ihm gekommen war, das Erstaunen, dass sie ihn hier gefunden hatte, wie hatte sie wissen können, wo er sich befand?

Mit seinen tellergroßen Händen streichelte er ihr Gesicht, die kalten, roten Wangen, die etwas schiefe Nase. Dann glitt seine Hand über ihren weißen Hals, sie legte den Kopf leicht zurück und schloss die Augen. Sein Herz schlug wie ein Trommelwirbel. Mit seiner Hand hätte er ihren ganzen Hals umfassen können. Margrit atmete tief ein. Davon beflügelt wanderte seine Hand über ihre Schulter, dann tiefer über ihre Brust.

Jetzt drohte ihm der Atem auszugehen. Im Schritt spürte er ein Pochen. Seine Hand fand den Weg unter ihre Bluse. Und Margrit ließ es geschehen. Er streichelte ihre Brustwarzen. Ihre Hände lagen jetzt auch auf Alfreds Brust, und er streifte hastig sein Hemd vom Körper. Das Stroh pikste ihm in den Rücken, aber das war ihm egal. Er zog die Hand aus der Bluse und ließ sie unter ihren Rock gleiten. Die Innenseite ihrer Schenkel fühlte sich so weich und warm an, wie er es sich nie hätte vorstellen können. Er hatte erwartet, dass Margrit ihm spätestens jetzt Einhalt gebieten würde. Aber das Gegenteil war der Fall. Die Hand, die eben noch auf seiner Brust gelegen hatte, streichelte jetzt ihrerseits sein Bein und seine Schenkel.

Über Langenbruck, 26. Juli 1913

Alfred schwitzt. Margrits Vater räuspert sich, und Alfred zuckt zusammen, weil er glaubt, der missbilligende Ton gelte ihm. Dabei ist ihm wohl nur ein Tabakkrümel auf die Zunge gekommen, denn er spuckt braune Flüssigkeit vor seine Füße.

Dann wird das Brummen in der Luft wieder lauter. Alfred kennt inzwischen das Geräusch des Gnôme-Motors. Der Blériot-Apparat hat bereits drei Runden über Langenbruck gedreht, um dann im Tal Richtung Waldenburg wieder zu verschwinden Aber jetzt sehen sie ihn wieder über dem Hauenstein. Plötzlich ein Stottern. Er will doch nicht aussetzen? Nicht wie Alfreds Herz am frühen Morgen vor wenigen Tagen? Aber dann schnurrt er wieder, als wäre nichts gewesen.

Bider.

Heute kommt er, um sein Versprechen wahrzumachen. An seinem, Alfreds, Geburtstag. Er hatte ihn an Biders Geburtstag in Bern besucht, und heute wird Bider wie damals im April in den Erlen landen und ihn mitnehmen in die Lüfte, mit ihm über Langenbruck, Waldenburg, Liestal und Basel kreisen und ihn vielleicht sogar bis nach Bern entführen.

Der Flugapparat kommt näher.

In der Basellandschaftlichen Zeitung hat er von Biders Triumph über die Alpen gelesen: «Unerwartet für die weitesten Kreise hat der Schweizer Oskar Bider Sonntag, den 13. Juli, die Alpen überflogen. Er hat die 230 Kilometer lange Strecke von Bern nach Mailand, mit einer kurzen Landung in Domodossola, von morgens 4 Uhr 8 Minuten bis um 8 Uhr 42 Minuten, also in 4½ Stunden, durchflogen und hat, wenn man die notwendigen Schleifen mitberechnet, eine Entfernung von 280 Kilometern durcheilt. Die Hochalpen durchquerte er genau in der Mittellinie zwischen der Jungfrau (4166 Meter) und dem Mönch (4105 Meter). Dann übersetzte er das breite Rhonetal und überflog sodann östlich vom Monte Leone den südlichen Zug der Walliser Alpen. Nie zuvor hat man eine ähnliche Leistung eines Aviatikers registriert. Bider hat dabei sich selbst übertroffen; denn er war es, der vor kurzem die Pyrenäen überflog. Dieser ersten großen Tat hat er nun die zweite, noch kühnere, folgen lassen. Dabei hat Bider jede Reklame verschmäht. Unerwartet, während die Bevölkerung sich noch dem Schlafe hingab, ist er in Bern aufgestiegen, und die überraschten Mailänder hatten kaum die Zeit, den festlichen Empfang vorzubereiten, den übungsgemäß das leicht empfängliche Volk der Italiener einem großen Mann zu veranstalten pflegt.

Es sind nun drei Jahre her, am 23. September 1910 war es, als Geo Chavez, der kühne Peruaner, von Brig im oberen Rhonetal aus, dem Simplonpaße folgend, nach Domodossola flog. Er bezahlte diesen Triumph mit seinem Leben. In einem Büchlein, das der Redakteur der Neuen Zürcher Zeitung, Bierbaum, Chavez' Simplonflug gewidmet hat, lesen wir folgende Worte: ‹Wer kann wissen, wie bald schon die Welt vor größeren Taten in der Geschichte der Aviatik steht, was die nächsten Zeiten schon bringen werden auf diesem grenzenlosen, ins Unendliche ausgreifenden Gebiete?

Die Lebenden triumphieren immer, und die Toten ruhen aus von ihren Taten, für die unsere leichtlebige, vielerlebende, mit Ereignissen überhastete Zeit kein allzugutes Gedächtnis mehr besitzt. Es wäre grausam, wenn einst in der Geschichte der Alpenüberfliegung (die so sicher kommen wird, wie der ‹fliegende Mensch› kam) die Pionierarbeit des Helden der Tragödie lediglich noch als ein Datum genannt würde, eine Merkziffer nur, nützlich für den, der chronologisch über aviatische Dinge zu berichten hätte.»

Alfred verschlingt jede Zeile, die über Bider in der Zeitung gedruckt wird. Voller Vorfreude malt er sich schon aus, wie er später auch die Nachrichten des heutigen Tages lesen wird, und wenn es nach Alfred geht, dann vielleicht nicht in der Basellandschaftlichen, sondern im Berner Tagblatt, denn er wird hoffentlich mindestens eine Nacht im Hotel Bären bleiben, schließlich ist es ja schon Abend, wenn sie zusammen in Bern landen werden: «Eine riesige Menschenmenge bereitete Oskar Bider bei seiner Ankunft in Bern einen begeisterten Empfang. Über 10 000 Menschen umstanden den Flugplatz auf dem Beundenfeld, als Bider und sein junger Freund, Alfred Aebi aus Langenbruck, von Bravorufen begrüßt aus dem Apparat stiegen.»

Da ist er, der Blériot-Apparat, genau über ihm. Alfred schwenkt die Arme. Hier soll er landen, genau an der Stelle, wo Saniez seinen Wein getrunken hat.

Die Nase der Maschine senkt sich. Aber zuerst macht er noch eine Schleife über der Wanne, kommt gegen die Fraurütti und überfliegt in geringer Höhe den Kirchturm. Jetzt noch eine Linkskurve, dann würde Bider das Dorf überfliegen und zur Landung ansetzen. Die Maschine ist schon so tief, dass er Biders Lachen zu erkennen glaubt. Dieses Lachen gilt ihm, Alfred, den er holen kommt. «Dreh den Apparat schon», sagt Alfred leise vor sich her, «dreh ihn in meine Richtung.» Aber das Gegenteil passiert, Bider vollführt über der Simmeten einen Bogen und der Apparat fliegt dann geradeaus in Richtung Solothurn. Bald schon ist nicht einmal mehr der Motor zu hören.

Alfred senkt die Arme wieder. Sein Blick ist starr in den Himmel gerichtet.

In diesem Moment weiß er: Er wird nie im Leben mehr fliegen.

Pierre hebt ab,
Langenbruck im August 1980

Wir ließen uns schweißtriefend rund um die Fledermaus ins Gras fallen. Sarah strich sich eine Strähne aus dem Gesicht, ihr Haar leuchtete in der grellen Nachmittagssonne wie Suzi Quatros goldener BRAVO Otto. Ich legte die Kamera neben das Gestellkreuz des Gleiters und rieb die brennenden Stellen meines Nackens, wo das Leder des Tragriemens meine verschwitzte Haut aufgerieben hatte.

Das Gestänge des Gleiters hatte geächzt, als ich kurz zuvor meinen Teil des Flügels etwas zu schnell losgelassen hatte. Pierre hatte mich mit einem scharfen Blick bedacht. Ist schon gut, war mir durch den Kopf gegangen, du bist ja nicht der alleinige Vater dieses Vogels. Auch Großvater und Sarah haben ihren Anteil am Gelingen des Werkes. Sarah hatte zwar anfangs nichts anfassen dürfen, und Pierre hatte ständig die Nase gerümpft, wenn sie eine Bemerkung zum Gleiter machte, aber schlussendlich stand sie immer mit guten Ratschlägen zur Seite.

«Und, wer fliegt?», fragte Sarah heiter in die Runde. Was für eine Frage, als ob das nicht von Anfang an festgestanden hätte. Aber ich hakte hier ein, auch wenn es nur darum ging, Pierre in seiner Selbstgefälligkeit etwas zu erschüttern.

«Ich mach's», sagte ich beiläufig. Pierres Augen wurden groß. Er öffnete den Mund, vermutlich, um etwas zu sagen, schloss ihn dann aber wieder und schüttelte nur den Kopf.

«Warum nicht? Ich kenne den Hügel wie meine Westentasche.» Tatsächlich war ich es gewesen, der die Obere Fraurütti als Startplatz vorgeschlagen hatte. Wir hätten auch gleich oberhalb der Bider-Baracke starten können, auf der Simmeten, wo wir letzten Winter mit unseren Schlitten den Hang hinuntergerast waren. Das wäre viel näher an unserem Haus gewesen, und wir wären jetzt nicht fix und fertig ins Gras gefallen. Doch die Simmeten war in Sichtweite des Schuppens. Ich hatte Angst, dass Großvater uns sehen könnte. Deshalb hatte ich die Obere Fraurütti vorgeschlagen. «Weil es dort in der Nähe der Sprungschanze sicher steil genug ist», war mein Argument gewesen, auf das Pierre sofort angesprungen war. Wenn ich jetzt aber den Hang hinuntersah, der erst auf dem Erikaweg endete, wäre mir ein leicht flacheres Stück für den ersten Versuch doch lieber gewesen. Vor allem, wenn ich es war, der fliegen sollte. Aber Pierre war damit ohnehin nicht einverstanden. Er rümpfte die Nase und seine Sommersprossen formten sich zu kirschroten Flecken.

«Weißt du denn, wie man den Lilienthal fliegt?» Sein Ton etwas spöttisch, das Kinn nach oben gereckt. «Hast du Lilienthals Buch gelesen? Hast du irgendwas über Lilienthal gelesen, seine Flugversuche, die Art, wie er den Gleiter steuert? Oder steht das vielleicht in einem deiner Spider-Man-Comics? Soviel ich weiß, kann der Spinnenmann nicht mal fliegen. Sonst hätte er vielleicht seine Freundin Gwen retten können. Wenn schon Comics, hättest du halt doch mal «Hawkman» lesen müssen.»

Mit offenem Mund schaute ich ihn an. Ich spürte, wie mir Zorn und Schamesröte aufstiegen, aber ich fand im Moment keine Worte. Natürlich hatte ich nichts über Lilienthal gelesen, Pierre war ja unser Mann für die alten Schinken. Aber anscheinend kannte er all meine Comichefte.

«So, jetzt kühlt euch mal ab», mischte sich Sarah ein, «ihr habt beide Anteil am Lilienthal. Ohne Harald und seinen Großvater hätte es keinen Gleiter gegeben, vergiss das nicht, Pierre.» Sie schaute ihm fest ins Gesicht, ihre Augen wie glänzende Steine aus der Frenke. Mir wurde plötzlich ganz anders, Sarah setzte sich für mich ein. Ich hatte den ganzen Sommer über das Gefühl gehabt, dass sie bloß Augen für Pierre hatte. Und jetzt bezog sie zu meinen Gunsten Stellung gegen ihn.

«Ich kann fliegen», sagte sie bestimmt. «Ich habe alles über Lilienthal gelesen.»

Pierre schnellte so rasch auf, als wäre er das Kristallwesen aus Star Trek.

«Niemals», sagte er, «du rührst ihn nicht an!»

Das war deutlich, aber Sarah blieb gelassen.

«Wenn ihr euch nicht einig werdet, dann lasst mich doch ran.»

Ich blickte den Hang hinab. Mir wurde ganz flau bei dem Gedanken, dass sich Sarah hier hinunterstürzen wollte. Ich stellte mir einen Moment die Springer vor, die vor über einem halben Jahrhundert in ihren Zipfelmützen und auf Holzskiern mit rudernden Armen die Erica-Schanze bezwangen. Ich wollte etwas sagen, während Pierre einfach dastand und auf uns herabsah, aber ich schluckte nur leer.

«Also gut», sagte Sarah, «ihr wollt nicht, dass ich fliege. Kein Problem.» Sie hob beide Arme. «Wollte nur helfen.»

Ein Donnergrollen aus dem Talgrund gab ihr Antwort.

«Wenn wir noch lange tatenlos rumstehen, wird das heute mit dem Fliegen ohnehin nichts mehr», sagte Pierre. «Kommt, fasst mit an. Ich fliege.»

Ich wehrte mich nicht dagegen. Ich hatte keine Lust, mich dem Abgrund entgegenzuwerfen, und wollte auch nicht, dass Sarah das tat. Also erhob ich mich. Ich war müde und gereizt, und meine Beine waren vom Schneidersitz steif geworden. Das ganze Projekt hatte seit dem letzten Hammerschlag seinen Reiz verloren. Beim Aufstehen rutschte mir der Arm weg und ich fiel seitlich auf die Canon. Ein Stechen unter dem Schulterblatt, als hätte mir ein Geronimo sein Holzmesser in die Knochen gerammt. Seit dem Kampf auf dem Römerweg war mein Arm nie mehr ganz verheilt. Mit einem Ruck stand ich auf. Gleichzeitig riss ich die Kamera am Riemen hoch. Bestimmt war sie durch den Sturz beschädigt worden. Das Blut schoss mir in den Kopf, meine Hände ballten sich zu Fäusten.

«Scheiß Fledermaus!», schrie ich in Richtung Kurhaus. Gleichzeitig trat ich voller Wut mit dem Fuß gegen den Gleiter. Mir war der Lilienthal nach Pierres selbstgefälliger Darstellung inzwischen so was von egal. Ich traf die untere Verstrebung und es knackte hörbar. Vier Augen starrten mich an. Pierre machte zwei große Schritte und stand schnell wie der Blitz neben mir.

«Nichts passiert, nichts passiert», sagte ich mit einem unsicheren Lächeln, als ich mich beruhigt hatte.

«Nichts passiert?» Pierre hatte sich hingekniet und starrte auf die Verstrebung des unteren Gestellkreuzes. Sie war nicht gebrochen, aber ein Haarriss zog sich vom unteren Ende bis zur Einstiegsluke. Gleich stand auch

Sarah neben mir. Die Augen zusammengekniffen, die Hände in den Knien.

«So, das war's», sagte sie, «jetzt kann keiner von uns fliegen. Das muss ordentlich repariert werden.»

«Quatsch», sagte Pierre, «die Flügel sind stabil genug, das hält schon.»

«Ja, vielleicht hält es, aber sicher ist sicher», gab Sarah zurück. Sie strich mit der Hand über die Holzlatte.

«Mit einer Rolle Hanfschnur und einer Leiste aus Kiefernholz könnten wir das stabilisieren», sagte sie.

«Haben wir aber nicht, und bis wir welche geholt haben ist das Gewitter da.» Pierre zeigte in Richtung Waldenburg, wo sich schwarze Wolken türmten. Das Unwetter schien nicht richtig vorwärtszukommen und über dem Pass liegen geblieben zu sein. Über der Fraurütti fand die Sonne noch immer einen Weg durch die Wolkendecke, nach wie vor war es drückend heiß. Die Grillen zirpten um die Wette und die Grasmilben stachen mir in die Unterschenkel.

Pierre zeigte bergauf zum nahen Waldrand.

«Wir könnten uns einen Ast und etwas Liane oder Efeu besorgen. Ich denke zwar, dass die Verstrebung auch so hält, aber zur Sicherheit.»

Oberhalb von uns lag der Wald schwarz und still, wie es Wälder nun einmal sind. Die Dunkelheit versprach Kühle und Aufschub.

«Komm Sarah, wir suchen das Efeu und einen geeigneten Stock», sagte ich euphorisch, «Pierre passt derweil auf die Fledermaus auf.»

Pierre grummelte, wie das sonst nur Großvater tat, aber er wehrte sich nicht gegen den Vorschlag. Keinen Augenblick hätte er jetzt seinen Gleiter im Gras liegen gelassen, als ob er plötzlich von einer herbeirasenden

Herde Kühe zertrampelt werden könnte. Er winkte mit dem Arm.

«Geht ruhig», sagte er nur.

Sarah und ich sahen uns an, zuckten beide mit den Schultern und gingen ohne ein weiteres Wort zum Waldrand, der einige Meter oberhalb der Wiese lag.

Die Kühle, die uns umfing, war angenehm. Es fröstelte mich sogar ein wenig. Wir gingen auf einem Teppich aus Laub und Ästen und wählten unsere Schritte sorgfältig, um nicht über einen der herumliegenden Steine zu stolpern.

«Hier gibt es keinen Efeu oder sonstige Lianengeflechte», sagte Sarah, «wir hätten einfach gleich ins Dorf gehen sollen, um Schnur zu besorgen.»

«Damit mich Großvater erwischt? Nein danke!»

Tatsächlich waren die Stämme glatt, Kiefern und Eichen, einzelne Nadelbäume wie Fichten oder Tannen, aber vor allem Laubbäume, nicht sehr dicht gewachsen auf dem felsigen Untergrund. Es gab zwar Haselsträucher, aus denen wir gut eine Verstrebung für das Gestellkreuz hätten schneiden können, aber womit befestigen? Ich nahm die Kamera zur Hand, die wie ein unnützer Parasit wieder an meinem Hals baumelte, und nahm Sarah in den Sucher. Ihr Blick in die Büsche gerichtet, hügelaufwärts, wo es aber auch nicht dichter wird. Das Licht, das durch die Kronen ihre Wange streift, sonst Schatten.

«Komm, hilf mir suchen und fotografier nicht bloß rum», sagte sie, und ich ließ die Canon wieder sinken.

Aber sie hatte es auch schon aufgegeben, es gab hier einfach kein Gewächs, mit dem man das Kiefernholz des Gleiters hätte stabilisieren können.

Sarah lehnte an einem Baumstamm, ihr weißes Shirt hatte einen braunen Streifen, der sich von der linken

Hüfte quer bis zur rechten Brust erstrecke, wahrscheinlich, weil sie an einen modrigen Ast gekommen war.

Ich ging in ihre Richtung und blieb nahe bei ihr stehen. Sie duftete nach Waldreben, aber das war vielleicht auch nur Einbildung.

«Pierre darf nicht fliegen», sagte sie.

Mir war die Fledermaus noch immer vollkommen egal, ich war nie mit Sarah alleine gewesen, und dieser Moment ließ mein Herz pochen. Ich tat ihren Einwand mit einer Handbewegung ab.

«Niemand darf damit fliegen», sagte sie, mich missachtend. «Dein Großvater hat vielleicht ja recht, wir sollten den Lilienthal einfach zur Bider-Baracke bringen.»

«Und meinst du, der Hausmeister will ihn, wenn nicht einmal seine Flugtauglichkeit bewiesen ist?»

Ich hatte dazu eigentlich gar nicht Stellung nehmen wollen, aber plötzlich schien mir die ganze Rackerei des Sommers überflüssig.

«Der Gleiter ist gut geworden», sagte Sarah, während sie ihren Rücken gegen den Baum drückte, «er wird fliegen, wenn die Pläne stimmen.»

«Warum sollten die nicht stimmen?», knurrte ich. Aber Sarah hörte mich nicht, sondern schaute nach oben in die Baumkronen: «Ich würde fliegen, ich glaube, ich weiß, wie man ihn steuert. Ich habe alles darüber gelesen.»

Das hatte bestimmt auch Pierre. Ich war der Einzige, der sich nicht darum gekümmert hatte. Mir war von Anfang an klar gewesen, dass Pierre es sein würde, der in die Lüfte steigt. Meine Aufgabe war es, diesen Moment mit der Kamera festzuhalten. Doch selbst das schien mir in diesem Augenblick unwichtig und weit weg, nur Sarah war nahe. Sie fixierte mich nun mit ihren Augen, sie wich meinem Blick nicht aus. Es gab keinen Moment, der besser geeignet gewesen wäre, um mich ihr zu nähern, meine Hand auf ihren Arm zu legen, meinen Kopf leicht zu neigen und sie zu küssen. So wie Spider-Man Mary Jane geküsst hatte.

Sie fasste mich bei der Schulter, und mein Herz begann zu rasen. Sie strich mit der Hand über meinen Arm. Ich spürte schon ihren süßen Vanilleatem, als sie sagte: «Der Tragriemen der Kamera. Das könnte gehen! Damit stabilisieren wird das Gestellkreuz!»

Ich fasste ihren Arm. Ihre Hand löste sich von meiner Schulter. Mein Atem ging schnell. Sie hatte sich nicht mir genähert, sondern den ledernen Riemen der Canon geprüft.

Plötzlich ging ein Ruck durch sie hindurch.

«Was macht Pierre da!» rief sie erschrocken.

Ich drehte meinen Kopf zur Wiese. Zuerst verstand ich nicht, was sie gemeint hatte, der Gleiter drückte noch immer seine Fledermausumrisse in den Rasen. Aber dann erkannte ich Pierre in der Luke, er war dabei, mit dem Bügel den Lilienthal hochzuheben.

Sarah wollte sich von mir lösen, aber ich hielt sie noch immer fest.

«Ich muss dir was sagen», flüsterte ich.

Mit der linken Hand bekam ich ihre Schulter zu fassen. Sie versuchte, sich wegzudrehen und loszurennen, doch ich ließ nicht los, und sie fiel inmitten ihrer Bewegung zu Boden. Rasch drehte sie sich um und warf mir einen scharfen Blick aus schmalen Augen zu. Sie hielt sich das Knie, und ich sah, dass ihre Jeans zerrissen waren. Sarah war wohl an einem der moosbewachsenen Steine aufgeschlagen.

Währenddessen hatte Pierre den Gleiter tatsächlich alleine hochgehoben und drehte den Kopf in unsere

Richtung. Er schien uns etwas zuzurufen, aber ich konnte es nicht hören, weil der Wind nun durch die Äste rauschte. Der Himmel über der Fraurütti hatte sich inzwischen fast komplett zugezogen, keine Sonne mehr, die den steilen Abhang beschien. Nur ein paar Strahlen kamen noch durch die dunklen Wolken und vollführten ein zuckendes Schattenspiel auf dem wogenden Gras.

Sarah hatte sich schnell wieder aufgerappelt. Ich hätte ihr geholfen, war aber jetzt dabei, die Abdeckung von der Linse zu entfernen. Es war meine Aufgabe, den Gleiter beim Abheben zu fotografieren. Wir rannten gleichzeitig los. Ich blieb am Waldrand stehen, um Pierre in den Sucher zu nehmen. Ich hätte zoomen müssen, aber auch so wäre die Distanz zu groß für ein scharfes Bild gewesen. Äste knackten, als Sarah rechts an mir vorbeirannte.

«Nicht starten, Pierre!» rief sie, einige Meter vor mir. Ich drückte den Auslöser. Sarah mit erhobenen Händen hinter der Fledermaus. Ich machte einen Schritt seitwärts, um auch Pierre in den Sucher zu bekommen, aber es half nichts, Sarah war im Weg. Ich sah den linken Flügel wippen, er würde gleich wieder ins Gras kippen, wenn Pierre das Gleichgewicht nicht halten konnte. Sarah war jetzt fast bei ihm, immer wieder rufend. Doch Pierre schien sie nicht zu bemerken, im Gegenteil, er machte ein paar Schritte hangabwärts, Luft kam unter die Flügel, die jetzt nicht mehr schlaff nach unten hingen, sondern sich so schön wölbten, wie wir uns das vorgestellt hatten.

Sarahs Griff zur Schwanzflosse ging ins Leere. Aber sie hätte den Gleiter jetzt ohnehin nicht mehr halten können, Pierre und das Gerät hatten Fahrt aufgenommen. Gleich würde er abheben. Ich knipste. Sarah, die sich noch einmal nach mir umsah, die Verzweiflung in ihrem Gesicht, was ist nur los mit ihr, dachte ich in diesem Moment, das war es doch, was sich Pierre gewünscht hat. Warum dieser panische Blick?

Ein Blitz genau über uns. Ein Donnergrollen, das Gewitter war nun nahe, über der Passhöhe des Hauensteins. Es würde demnächst regnen, wir würden die Fledermaus klatschnass nach Hause tragen müssen.

Ich schoss mehrere Bilder hintereinander. Ich wollte den Moment erwischen, in dem Pierre abheben würde. Sarah immer wieder im Weg, ihre Föhnfrisur ganz zerzaust. Wieder war Wind aufgekommen. Eine starke Böe zerrte an mir, so dass ich die Kamera einen Sekundenbruchteil vom Auge nahm. Es war wohl derselbe Windstoß gewesen, der den Gleiter erfasst hatte, denn er stieg genau in diesem Moment steil nach oben. Kein langsames Abheben, kein sanftes Gleiten. Als hätte der Wind einen Regenschirm erwischt und in die Luft gewirbelt, so wurde Pierre nach oben gezogen. Ich starrte in den Himmel. Ein Glück, dachte ich, dass Pierre dort oben hängt und nicht ich, er wusste ja, wie man die Fledermaus steuert, er würde schon wieder landen können. Tatsächlich warf Pierre seine Beine nach vorne, um eine Abwärtsbewegung zu erreichen, so meinte ich es wenigstens zu sehen. Doch es half nichts, eine weitere Böe erwischte das Fluggerät so heftig, dass Pierre auf einmal nicht mehr hangabwärts flog, sondern rückwärts in Richtung Wald. Seine Beine waren jetzt genau über mir, sein Kopf war über der Tragfläche und wurde von ihr verdeckt. Und jetzt sah auch ich, was Sarah schon vor dem Abheben des Gleiters bemerkt hatte: Die linke Leiste der Verstrebung war gebrochen. Die Seile, die die Flügel stabilisieren sollten, hatten zu viel Spielraum, so dass die Flügel sich nach oben bogen. Aber das war jetzt nicht das eigentliche Problem: Pierre raste auf die Baumgruppe zu, unter der Sarah und ich eben noch gestanden hatten.

Ein Blitz über dem Erzenberg. Wieder ein Windstoß. Diese Böe war für unseren Gleiter zu stark. Beide Flügel klappten hoch, die Fledermaus wurde gegen den Baum geworfen, an den sich Sarah vorhin noch gelehnt hatte und wo ich einen Moment lang wie Spider-Man war. Es hätte eigentlich krachen müssen, als das Gestell am Stamm zerbarst, aber wir hörten nur ein dumpfes Donnergrollen, das das Tal erschütterte.

Wohl eine Sekunde lang blieben Sarah und ich wie angewurzelt stehen. Sarah erfasste als Erste die Situation und rannte in Richtung des zerborstenen Flugapparates hangaufwärts. Ich war nur wenige Meter vom Unglücksort entfernt, und doch überholte sie mich. Sie sagte kein Wort und schaute sich auch nicht nach mir um. Ich folgte ihr. Ich widerstand dem Versuch, die Kamera zu heben, um das zerrissene Shirting aufzunehmen, das in den Ästen im Wind flatterte.

Als ich endlich schwer atmend neben ihr stand, wurde mir erst bewusst, was geschehen war. Ein paar Meter über mir hingen an einem zersplitterten Ast weitere Fetzen des Stoffes, den wir mühsam über das Skelett des Geleiters gespannt hatten. Der Fledermausflügel wand sich um den Stamm des Baumes wie Efeu, das wir vorhin erfolglos gesucht hatten. Am Boden Holzsplitter und die zerbrochenen Weidenhölzer des Griffholzes und des Gestellkreises. Pierre lag seitlich auf dem Waldboden, das Gesicht im Laub. Ein Bein seltsam angewinkelt neben dem Stein, an dem sich Sarah schon verletzt hatte. Aus seiner Brust ragte ein abgebrochenes Weidenholz, als wäre Pierre von einem Pfeil eines feindlichen Indianers getroffen worden. Ich blickte in Richtung Krähegg, wo wir vor einem Jahr die Schlacht gegen die Geronimo verloren hatten. Pierre war dabei, seine persönliche letzte Schlacht zu verlieren.

«Er atmet noch», sagte Sarah leise. Sie hockte auf den Knien neben Pierre, ihre Hand auf seiner blutenden Brust.

In diesem Moment bewegte sich Pierre, und ein Stöhnen, gefolgt von einem röchelnden Laut, entfuhr seinem Mund. Es klang, als hätte Darth Vader einen Hustenanfall. Dann sagte er etwas, das ich nicht verstehen konnte. Sarah bückte sich, und ihr Ohr war nahe seinem Mund.

«Was hat er gesagt?», fragte ich. Sie hob ihren Kopf und ihre Augen schimmerten glasig, als sie mich ansah: «Er sagt, das war erst der Anfang.» Dann streckte sie sich, zog ihr Shirt aus und drückte es auf Pierres Wunde so gut es eben ging. Ich blickte kurz auf ihre nackte Schulter und den farblosen Träger des Büstenhalters.

«Geh ins Dorf und hol Hilfe! Ich bleibe bei ihm.»

«Geh schon!», wiederholte Sarah, als ich stehen blieb. «Was wartest du denn noch?!»

Erst da erwachte ich aus meiner Erstarrung, drehte mich um und rannte blindlings den Hang hinunter. Es hatte jetzt zu regnen begonnen, im Wald hatten wir das bloß am Geräusch auf den Blättern bemerkt, aber im Freien war der Regen doch ziemlich stark. Dazu peitschte mir der Wind das Wasser ins Gesicht. Ich stolperte mehrere Male auf dem glitschigen Gras, zudem war es ziemlich steil, aber ich fiel nur einmal, kurz bevor ich den Erikaweg erreicht hatte.

Großvater musste nicht erst fragen, als er mich auf der Höhe der Kirche traf. Mein Gesicht und die Kleider von Schlamm verschmiert, mein Atem keuchend. Wie ich später erfahren sollte, hatte er uns gesucht, zuerst in der Bider-Baracke, danach auf der Simmeten. Dann hatte er die Leute in den Gaststätten gefragt, zuerst im «Ochsen», aber erst, als ihm ein Gast in der Gartenlaube des «Kreuz» erzählte, er hätte eine Fledermaus über die Straße wandern sehen, hatte er gewusst, wo wir waren – und was wir vorhatten.

Wir standen uns gegenüber. Seine Augen groß wie seine Hände und kalt wie heute Morgen. Sein graues, spärliches Haar fiel klatschnass über sein Gesicht, seine Villiger war nur noch ein matschiger Klumpen in seinem Mundwinkel.

«Wo?», fragte er nur.

«Bei der Oberen Fraurütti, oberhalb des Hotels Erica, fast bei der alten Schanze.»

«Wer?»

«Pierre. Sarah ist bei ihm.»

«Schlimm?» Ich nickte nur.

«Hast du schon die Ambulanz gerufen?»

Mein Mund war trocken, während ich mir die nassen Strähnen aus dem Gesicht wischte. Ich hätte zum Hotel Erica laufen können, aber ich war ohne Gedanken den Weg ins Dorf gerannt. Ich schüttelte den Kopf

«Geh ins ‹Kreuz› und ruf die Ambulanz. Ich bin nicht schnell genug. Ich sehe nach den beiden.»

Damit ließ er mich stehen und ging wankend in Richtung Fraurütti davon. Ich rannte über die Hauptstraße und riss keuchend die Tür des «Kreuz» auf. Die Gaststube war leer, aber ich wusste, wo sich der Münzapparat befand.

Als ich die Ambulanz telefonisch instruiert hatte, flüchtete ich aus dem Gasthaus, bog ich in die Biderstraße, dann links in die Dorfgasse und rannte bis zu unserem Haus, wo ich mich im Schuppen verschanzte. Denn das weiße Sofa und selbst der flauschige Hirtenteppich im Wohnzimmer boten mir in diesem Moment keinen Halt. Erst jetzt kam der Heulkrampf. Ich kniete im Sägemehl und überlegte mir einen Moment, ob ich eine Kerze anzünden sollte, um die Bilder zu verbrennen, die sich mir in diesem Raum aufdrängten. Hinter der alten Kreissäge lagen noch die Bogen, die wir letzten Sommer gebastelt hatten. Nicht einmal die hatten gehalten, sondern waren beim ersten Spannen auseinandergeborsten. Nie hätten wir uns anmaßen dürfen, einen Gleiter zu bauen. Aber wir hatten uns darauf verlassen, darauf, dass die Pläne stimmten, dass Großvater den Umgang mit den Hölzern beherrschte, dass Pierre wusste, was er tat. Und Großvater hatte sich darauf verlassen, dass wir nicht fliegen würden.

Der Tod lässt manchmal lange auf sich warten. Nicht bei Pierre. Er starb, bevor die Ambulanz eintraf, in Sarahs Armen. Ich weiß nicht, was genau auf der Oberen Fraurütti noch vor sich ging, Großvater verlor darüber kein weiteres Wort. Nicht nur darüber, er sprach seit diesem Zeitpunkt überhaupt nicht mehr. Und Sarah hatte ich das letzte Mal auf der Fraurütti gesehen. Wir nahmen beide nicht an Pierres Abdankung teil. Sarah verschwand wieder im Internat, und noch vor den nächsten Ferien im Herbst zog meine Familie zurück nach Basel. Nur Großvater blieb in Langenbruck zurück, wo er neun Jahre später starb.

Mona, 27. April 2012

Mona nahm mich bei der Hand und führte mich in ihr Wohnzimmer. Es roch nach Lavendel, obwohl keine Pflanze zu sehen war. Wohl irgendein Spray, dachte ich.

«Ich muss mit dir reden», hatte ich ihr am Telefon gesagt. Ich konnte das Seufzen am anderen Ende der Leitung deutlich hören. Reden, wozu schon wieder reden? Aber sie lenkte ein und sagte: «Dann komm halt vorbei.»

«Ich war bei Sarah», sagte ich, als ich in der Tür stand.

«Aha», antwortete sie, die Augen erwartungsvoll verengt. «Ist das die kleine Freundin von früher?»

«Ja», sagte ich. Monas Lippen bebten leicht, sie machte keine Anstalten, aus dem Türrahmen zu treten und mich hereinzulassen. War da ein Funken Eifersucht?

«Ich bin geflogen», sagte ich mit Stolz in der Stimme, ein kleiner Junge, dessen Augen leuchten, so muss es Mona vorgekommen sein, «über die Alpen!»

Ihre Augen noch enger, ihr Kopf leicht schief.

«Komm rein», sagte sie schließlich. Ich betrat den Flur. Nie hatte es mich interessiert, wie Mona wohnt, ich hatte in den zwei Jahren Beziehung diesen Ort nie aufgesucht.

Ich war nervös, wollte ihr sagen, dass ich nun der neue Harry war. Ich fand keine Worte.

«Komm», sagte sie und nahm mich bei der Hand. Ich saß im Wohnzimmer. Hier war also Mona, wenn sie nicht bei mir war.

«Ich bin der neue Harry», sagte ich schließlich. Sie musterte mich, ohne meine Hand loszulassen. Ihr Blick auf meinem, ich wandte mich ab.

«Es sind nicht die Alpen», sagte sie ohne Regung. Ich verstand nicht, warum nicht die Alpen, ich war nicht mehr der Alte, ich hatte meine Flugangst besiegt.

«Es reicht nicht, die Symptome zu bekämpfen. Wenn du fliegst, ist das prima, aber das ist nicht dein vordringliches Problem.»

Was jetzt? «Ich soll mich doch meinen Ängsten stellen, hast du mir damals in der Redaktion gesagt.»

«Ja, das habe ich gesagt, aber deine Ängste sitzen tiefer.»

Ich wurde wütend. Scheiß-NLP-Kurs, Mona war 'ne scheiß NLP-Schlampe.

«Du hast gesagt, du nimmst mich zurück, wenn ich ein neuer Harry werde.» Ich klang wie ein quengelndes Kind. Mona ließ meine Hand los, schüttelte tadelnd den Kopf und verzog den Mund. Wir setzten uns auf ihr cremefarbenes Sofa.

«Ich habe gesagt, dass ich nicht sicher bin, ob ich den neuen alten Harry zurückwill. Der neue alte Harry kümmert sich nur um sich selber. Der neue alte Harry war noch nie in meiner Wohnung, der neue alte Harry ist eigentlich ein Arsch.»

Das war direkt, ich senkte den Kopf.

«Dann hilf mir, ein neuer neuer Harry zu werden.» Sie lachte. In ihrem weißen Kleid und mit dem hochgesteckten Haar sah Mona aus wie eine Mischung aus Prinzessin Leia und Betty Page. Dann nahm sie meine Hände wieder in die ihren und bewegte die Arme langsam auf und ab: «Wen siehst du, wenn du die Augen schließt und über das nachdenkst, was dich am meisten beschäftigt? Mich? Deinen verunglückten Freund? Deinen Großvater? Ein Flugzeug?»

Ich schloss die Augen und begann nachzudenken.

Haralds Rückkehr, 28. April 2012

Ich nahm von Basel die S3 nach Liestal. Gruppen von älteren Wanderern in rot-weiß gestreiften Socken und blau-weiß gestreiften Hemden, Pfadfinder auf einem Ausflug, laut und voller Leben, mussten sich ständig bewegen, die Wanderer saßen, und der eine oder andere schüttelte den Kopf.

Die Luft war nach der warmen Nacht feucht, die Fenster beschlagen, ein Mädchen zeichnete mit dem Finger ein Herz auf die Scheibe, ein junger Bursche wischte es mit der Handfläche wieder weg. Erneut Geschrei, Lachen, dann waren wir in Liestal.

Das Stedtli lag verschlafen im Tal der Ergolz. Ich hatte noch Zeit bis das Waldenburgeli fuhr, und ich war nicht in Eile. Schlendernd nahm ich den Weg an der Bahntrasse entlang bis zum Wasserturmplatz, dann bog ich links zur Kaserne ab, wohin auch ich mein Militäraufgebot erhalten hätte, wären wir nicht zwei Jahre zuvor nach Basel gezogen.

Das Gitterli hatte sich seit meiner Jugend nicht stark verändert. Wir hatten hier schon damals Fußball gespielt, wenn die Lehrer gnädig waren und wir nicht Runden um den Sportplatz laufen mussten. Flugzeuge würden hier allerdings nicht mehr landen, die einzelnen Felder waren mit hohen Eisenzäunen in Rechtecke unterteilt, damit die hoch geschossenen Bälle nicht bis auf die Rheinstraße gelangten.

Ich zog einen Kreis auf der Laufbahn, die Sohlen meiner Schuhe färbten sich rot.

Ich versuchte, Großvaters Bilder zurückzuholen. Scharrende Stiefel auf dem Gras, die Blasmusik, die johlende Menge, die rollende Blériot. Aber es gelang mir nicht, mir die hochgeworfenen Hüte vorzustellen, stattdessen sah ich Sarah in der Maschine winken und mir zuzwinkern. Ihr Haar flatterte im Wind des Propellers.

Ich wollte zu ihr hinrennen, aber der Apparat holperte schon über die Wiese und war nicht mehr zu erreichen. Mein Ruf ging im Knattern des Motors unter.

Als Sarah abgehoben hatte, nah am Schleifenberg einen Bogen zog und sich Richtung Waldenburg davonmachte, schaute ich dem Flugapparat noch einen Moment nach, bevor ich das Gitterli verließ, das Liestaler Stadttor durchschritt und durch die Rathausstraße zum Bahnhof ging.

Das Waldenburgerli wurde nicht mehr von einer Dampflok gezogen. Es stampfte nicht, ruckelte aber. Ein Bild der alten Schmalspurbahn hing über dem Türbogen. Die Lok auf Hochglanz poliert, Schmalspurbahnen sind wie Spielzeug. Ich ließ mich in das orange Sitzpolster fallen.

Ich dachte wieder an Großvater, für den die 1880 in Betrieb genommene Waldenburgerbahn in seiner Jugend sicherlich den Fortschritt symbolisierte, wie es Han Solos «Millennium-Falke» für mich in meiner Jugend tat. Doch heute, wo Trams die Vororte der Städte bedienen, war die Bahn ein Relikt.

Aber meine Ablenkungsversuche halfen nicht. Ich näherte mich unausweichlich Waldenburg. Von dort waren es mit dem Postauto wenige Minuten bis Langenbruck. Das Bad Bubendorf war schon lange vorbeigezogen, wir fuhren in Hölstein ein und hielten neben dem frisch renovierten Hotel Rössli.

Dann die Haltestelle Oberdorf, die Bahn müsste jetzt schon einen Defekt haben, um nicht doch noch anzukommen.

Nach wenigen Minuten Einfahrt in Waldenburg, Hoheitsgebiet der Geronimo.

Ich stieg nicht ins Postauto nach Balsthal. Das ging mir alles zu schnell, keine Zeit für Gedanken. Ich beschloss zu wandern, durchquerte Waldenburg und durchschritt das Obere Tor, um dann der Frenke entlang bergauf zu gehen. Hier musste Großvater entlanggegangen sein, wenn er nach Waldenburg oder weiter nach Liestal marschierte. Kein Geld für die Postkutsche, meine Verweigerung der heutigen Transportmittel war dagegen reiner Luxus. Ich ging mit großen Schritten und schwitzte. Die Wiesen gelb, Butterblumen, blühender Löwenzahn, Obstbäume, die offenen Blüten weiß und lila, der Wald schon grün, Flieder am Wegrand. Kurz vor dem Spittel führte die Frenke an der Straße entlang. Dann die Felsenge, Talabschluss. Etwas weiter oberhalb der alte Römerweg, auf dem wir die Geronimo erwarteten. Ich spürte meine Schulter, als ich an den Sturz auf den Fels dachte. Hätten wir damals den Kampf gewonnen, wären wir wohl auch den Sommer darauf als Indianer durch die Wälder gestreift. Wir hätten weiter an unseren brüchigen Bogen geschnitzt, und Pierre wäre nie auf die Idee gekommen, Flugzeuge zu bauen. Aber wir hatten die letzte Schlacht verloren. Ich stieg die wenigen Meter bis zur Felsenge, durchschritt sie und hob die Canon.

Durch den Sucher sehe ich die Geronimo auf uns zukommen, im selben Moment liegt Pierre schon auf dem

Boden, ein schwächliches Federgewicht, der kleine Rotschopf der Geronimo über ihm, auf ihn einprügelnd.

Ich drehe die Kamera in Richtung der Passhöhe, wieder Wiesen und Obstbäume. Ich höre die gurgelnde Frenke. Das Objektiv fängt das junge Paar im kniehohen Gras ein. Ich erkenne den jungen Aebi Alfred mit seiner Margrit. Plötzlich aufgeschreckt durch das Automobil, das kurz vor der Passhöhe krachend stehen bleibt, heben sie die Köpfe und schauen in meine Richtung. Unten auf der Straße der Motor, der raucht und stinkt. Bider mit seinem einnehmenden Lachen, Saniez laut fluchend, wild gestikulierend.

Ich sehe Pierre und mich gemeinsam mit den drei Jungs der Geronimo, wie wir auf die Szene unterhalb des Felsens starren. Margrits rotes Gesicht, das Wasser der Frenke in Biders Käppi, das strahlende Gesicht Alfreds, als ihm Saniez einen freundschaftlichen Klaps auf die Schulter gibt.

Mir laufen die Tränen übers Gesicht. Für alle, die wir hier stehen, wird es das letzte unbeschwerte Jahr sein. Alfred reißt bald aus, um seinem tyrannischen Lehrmeister zu entgehen, um bei Bider zu sein, der aber keine Zeit für ihn hat, weil er Geschichte schreiben muss. Also kehrt er mit einem Versprechen und sonst leeren Händen zurück nach Langenbruck, wo ihn die todgeweihte Mutter und ein Leben als ungelernter Schreiner erwartet. Ich werde mit Pierre Flieger basteln, mich in Sarah verlieben, die aber nur Augen für Chris und Pierre hat. Wir werden einen Winter und einen Sommer lang einen Gleiter bauen, der durch meinen Wutanfall Pierre das Leben kostet. Ich werde nicht mehr mit Sarah reden, und Großvaters konsequentes Schweigen wird mir das Herz brechen, auch noch nach seinem Tod.

Auf der Passhöhe kommt das Zittern wieder. Der Blick nun frei auf die Obere Fraurütti, wo der Gleiter von Böen zerzaust wird. Ich wende meinen Blick ab, als ich sehe, wie der Apparat an den Bäumen zerschellt, wie Pierre vom Stab der Aufhängung durchbohrt wird. Die Kamera schwenkt in Richtung Langenbruck, das still unterhalb der Passhöhe liegt. Als ich mich wieder in Bewegung setze, hört das Zittern plötzlich auf.

Ich gehe mit leichten Schritten an der Post vorbei. Nach der Biegung sehe ich Alfred auf der Hauptstraße vor dem Gasthof Kreuz stehen, genau dort, wo wir ohne sein Wissen mit dem Gleiter in Richtung Kirche trabten. Alfred ist ein zehnjähriger Bub, seinen Schulranzen wie einen Tintenklecks auf dem Rücken, viel zu groß. Er steht mitten auf der Straße, neben ihm ein älterer Junge, vielleicht 15 oder 16 Jahre alt. Er hat keinen Schulranzen, aber Bücher im Arm. Er spricht mit Alfred, es hätte mich interessiert, was sie zu sagen haben. Ich nähere mich ihnen, und als ich etwa zwanzig Meter von ihnen entfernt stehenbleibe, schauen die beiden Buben verwundert in meine Richtung: Der junge Bider mit dem noch jüngeren Aebi, wie sie zu mir aufsehen, Alfreds lange Arme hängen an seinem Körper, als wüsste er nicht, wohin mit ihnen. Oskar hält seine Bücher umschlungen, in seinem Blick hat sich bereits die Neugier festgesetzt. Im Hintergrund der Gasthof Kreuz, noch etwas weiter die Straße hinunter der «Ochsen» und dahinter, auf dem Foto nicht gleich zu erkennen, weil etwas zurückgesetzt, Oskars Elternhaus. Auch für Bider einer der letzten unbeschwerten Tage der Jugend, in wenigen Wochen wird seine Mutter sterben und der Vater beschließen, nach Basel zu ziehen.

Aber in diesem Moment steht er auf der staubigen Hauptstraße und schaut mich an. Ich bleibe noch einen

Moment stehen, bis sie sich wieder gelangweilt von mir abwenden, dann gehe ich an den beiden vorbei, sie grüßen höflich, ich erwidere und winke vor allem dem kleinen Alfred zu. Der winkt zurück.

Ich bin jetzt ganz ruhig, als ich vor dem «Kreuz» links abbiege, um in die Straße zu gelangen, die später einmal Oskar-Bider-Straße heißt. Ich gelange auf den noch später nach seiner Schwester benannten Leny-Bider-Platz, die im April 1913 nach der Landung in den Erlen aus der Blériot steigen und sich nur Stunden nach Oskars Todesflug 1919 das Leben nehmen wird.

Ob Alfreds Brief sie davon abgehalten hätte?

Wieder links biege ich in die Dorfstraße und stehe nach wenigen Metern vor Alfreds Schuppen, der noch der Schuppen seines Vaters ist. Das Haus wirkt einladend, ich sehe eine junge Frau mit roten Wangen im kleinen Vorgarten arbeiten, sie grüßt freundlich, noch steht der Tod nicht in ihren Augen.

Ich gehe an der Frau vorbei zum Schuppen. Plötzlich wird es düster, Nebelschwaden streichen durch die Dorfstraße und ein fahles, kaltes Licht fällt auf das Haus vor mir. Als ich vor der Tür stehe, höre ich Geräusche aus dem Inneren des Schuppens. Ich öffne leise die Tür. Ich bin ein Voyeur der Geschichte und werde nun den jungen Alfred Aebi und die um ein Jahr jüngere Margrit beobachten können, wie sie meinen Vater zeugen.

Ich trete ein.

Der Schuppen ist leer. Nur zwei zerbrochene Bogen stehen hinter der rostigen Tellersäge. Im Sägemehl liegt der gerettete Flügel unseres gewässerten Flugmodels.

Abrupt mache ich kehrt. Ich bin mir bewusst, dass die Frau mir verwundert hinterherschaut, da ich nun zu rennen beginne. Ich versuche, die Canon mit meinen Händen fassen, damit sie nicht um meinen Hals bau-

melt und meine Haut reibt, aber ich greife ins Leere.
Ich will so schnell wie möglich zur Bider-Baracke.
Dort angekommen, staune ich, ich hatte sie mir zerfallen vorgestellt. Doch der Bau ist frisch lackiert und
scheint solide.

Ich nehme den Bauplan des Gleiters aus der Tasche
und sehe erneut Pierre kurz vor dem Abheben auf der
Oberen Fraurütti. Der Gleiter straff im Wind, noch
deutet nichts auf die kommende Katastrophe hin.

Ich habe vier Reißzwecken in der Hand und pinne
den Plan an die glänzenden Bretter, gleich oberhalb des
Nieuport-Plakates. Ich stehe ein paar Schritte zurück
und eine große Ruhe befällt mich. Gleichzeitig strömen mir wieder die Tränen übers Gesicht und verschmieren den Sucher der Kamera.

Wieder auf der Hauptstraße angelangt, waren die Kinder verschwunden. Dafür fuhren auf der jetzt geteerten
Durchgangsstraße Lastwagen in hohem Tempo an mir
vorbei, und ich musste achtgeben, nicht von ihrem Sog
erfasst zu werden. Also war ich vorsichtig beim Überqueren der Straße, bog in die Kirchgasse ein und ging
Richtung Kirche. Beim Friedhof machte ich halt, öffnete das Tor und suchte das Grab. Aufgereiht die wenigen Grabsteine, die alten Gräber schienen ausgehoben
worden zu sein. Sauber gestutzt der Rasen, zwischen
den Trittplatten weißer Kiesel. Etwas abseits Oskar Biders Gedenkstätte. Doch dahin zog es mich nicht.

Ich befürchtete schon, dass auch dieses Grab ausgehoben worden wäre, da las ich etwa in der Mitte der
dritten Reihe: «Pierre Longchamps, 1964-1980», darunter der Satz «Das war nur der Anfang».

Ich verweilte nur kurz vor der Inschrift und suchte
weiter. Eine Reihe oberhalb las ich: «Alfred Aebi, 1897-

1989», darunter eine weitere Inschrift: «Margrit Aebi, 1896-1978». Sonst keine Widmung.

Ich hatte an diesem Grab gestanden, als Großmutter gestorben war. Bei Großvaters Beerdigung war ich in Mailand gewesen, um an einer Modeschau junge Starlets zu fotografieren.

Ich verließ den Friedhof und war gleich von saftigen Wiesen umgeben. Das Gras kniehoch, wieder leuchteten die Butterblumen mir den Weg. Die Kirchgasse wurde zum Erikaweg und ich ging noch ein paar Minuten. Jetzt keine vergangenen Bilder mehr, kein Gleiter im Wind, kein zappelnder Pierre, der aussah, als hinge er am Galgen. Ich durchquerte die Wiese ohne Zittern, nicht einmal der Schweiß rann mir von der Stirn, obwohl der Aufstieg zum Wald auch ohne Gleiter beschwerlich war.

Ich stand jetzt dort, wo vor einer Ewigkeit die Fledermaus zusammen mit dem federleichten Pierre in die Lüfte gerissen wurde. Wäre das Unglück nicht passiert, wenn ich nicht mit dem Fuß gegen den Gleiter getreten hätte? Hätte es überhaupt eine Rolle gespielt? Wäre der Gleiter nicht ohnehin vom Wind erfasst worden und an der Baumgruppe zerschellt? War es nicht einfach unser Leichtsinn, der Pierre das Leben kostete? So wie Bider über sechzig Jahre zuvor durch Leichtsinn mit seiner Niewport am Boden zerschellt war?

Ich ging weiter in Richtung Waldrand.

Sarah lehnt am selben Baum wie damals. Sie trägt auch heute ein weißes Shirt, aber ohne den braunen Streifen. Ihr Blick über den Wiesen, dem Platz, wo früher das Kurhaus stand. Ich stehe jetzt neben ihr und rieche wieder Waldreben. Weiter unten kann ich für einen Moment die Fledermaus erkennen, aber das ist ein Bild aus der Vergangenheit, die Gegenwart ist Sarah. Sie lächelt.

«Was wolltest du mir damals eigentlich sagen?» Ihr Blick ganz auf mich gerichtet, zwei grüne, kühle Kiesel aus der Frenke.

«Ich will nicht, dass du mit der Blériot über die Alpen fliegst.»

Sarah runzelt die Stirn, und ich habe Angst, dass sie sich nun abwenden wird. Dann wieder ihr Lächeln.

«Das wolltest du damals bestimmt nicht sagen.»

«Eigentlich wollte ich gar nichts sagen. Ich wollte Spider-Man sein und dich küssen.»

Sarahs Brauen zucken leicht, dann schließt sie die Augen.

«Dann tu's doch.»

Epilog: Kitty Hawk im September 2012

Zwölf Sekunden sind eine Ewigkeit, wenn man sie zählt. In zwölf Sekunden kann Geschichte geschrieben werden. Auch ganz persönliche Lebensentwürfe können, nicht absehbar, in Sekunden über den Haufen geworfen werden.

Ich zähle.

Vier Sekunden hat es gedauert, bis wir bemerkten, was Pierre vorhatte. Und als ich es realisierte, verstrichen weitere drei Sekunden, in denen ich nichts Besseres zu tun wusste, als meine Kamera zu heben, um diesen Moment nicht zu verpassen.

Innerhalb von fünf Sekunden hob Pierre mit dem Lilienthal ab, wurde vom Wind erfasst, stieg hoch, um dann im Rückwärtsflug in den Waldrand auf der Fraurütti zu stürzen. In diesen fünf Sekunden schrie sich Sarah die Seele aus dem Leib, was nichts mehr nützte, weil Pierre bereits unrettbar verloren war.

Die «Flyer I», die am 17. Dezember 1903 unter den Kill Devil Hills startete, war zwölf Sekunden in der Luft. Ein Moment für die Ewigkeit.

Flyer I, ein prosaischer Name für das erste motorangetriebene Flugzeug. Ich hätte die Maschine «Kitty Hawk» genannt.

Ein steuerbares Fluggerät, schwerer als Luft, fliegt mit Motorkraft. Zum ersten Mal. Höhepunkt der Aviatik, als die Wrights das Steuerungsproblem lösten. Die Flyer I hatte verwindbare Tragflächen, damit sich ihre Flügel in unterschiedlichen Winkeln in den Luftstrom stellen ließen. Zusammen mit dem Seitenruder konnte die Maschine in Schräglage und so zum Kurvenflug gebracht werden.

Die Kamera auf meiner Jacke im Sand, ich lege den Quarter daneben und hebe die Canon hoch. Durch den Sucher sehe ich die Flyer im Wind. Mein Fotobuch über die Pioniere der Aviatik ist beinahe fertig. Die Aufnahmen an diesem Ort werden das erste Kapitel einleiten.

First Flight.

Wie jede Idee, deren Zeit gekommen war, hatte auch diese Pioniertat seine Konkurrenten: Clément Ader 1890, Gustav Weißkopf 1899, Wilhelm Kress 1901, Richard Pearse 1903, Karl Jatho 1903 und im gleichen Jahr Samuel Pierpont Langley sollten ebenso Flüge aus eigenem Antrieb mit einem Gerät schwerer als die Luft gelingen.

Pioniere der Aviatik.

Die Konstruktion der Flyer I beruhte nicht auf Zufall. Der Erfolg der ersten Piloten war das Produkt langwieriger Forschungsarbeiten. Die Brüder Wright wurden durch die Veröffentlichungen der Flugversuche Otto Lilienthals auf die bemannte Fliegerei aufmerksam. Lilienthal führte als gelernter Maschinenbau-Ingenieur vor seiner praktischen Arbeit mit Hängegleitern zwischen 1867 und 1874 systematische Experimente zu den Luftkräften am Tragflügel durch. Seine Grundlagenforschung beschloss er 1889 mit dem Buch «Der Vogelflug als Grundlage der Fliegekunst».

Auf den theoretischen und praktischen Erkenntnissen Lilienthals bauten die Brüder Wright auf. Auch sie entwarfen zuerst Gleiter, die sie am selben Schauplatz, wo später der erste motorisierte Flug stattfinden sollte, erprobten. Ab 1901 verließen sich die Wrights nicht mehr auf Lilienthals Studien, sondern begannen selbst Modelle von Flügelformen im eigens dafür entwickelten Windkanal zu testen. Ihre Erfindungen – erster Windkanal, leistungsfähiger Motor, neue Propeller und Flügelformen – und Experimente mit der Balance von Fahrrädern machten den ersten steuerbaren Motorflug durch die beiden gelernten Mechaniker überhaupt erst möglich. Sie sind im Ansatz auch heute noch gültig.

Der Erste sein.

Am 17. Dezember 1903 wurde die langwierige Arbeit der Brüder vom Erfolg gekrönt. Drei Tage zuvor war Wilbur nach dem Start, der über eine Schiene erfolgte, in den Sand gekracht. Für den zweiten Versuch war Orville an der Reihe. Um 10.30 Uhr brachte er den Motor auf Touren, löste einen Haltedraht, die Maschine glitt über die Startrampe – und hob ab. 12 Sekunden dauerte dieser erste Flug, bis das Gerät weich auf seinen Kufen im Sand aufsetzte. An diesem Tag folgten noch weitere Flüge, bei denen sich die Brüder abwechselten. Der längste davon dauerte immerhin schon 59 Sekunden.

Kufen im Sand.

Meine Gedanken schweifen über den Atlantik zwischen dem 30. und 50. Breitengrad in Richtung Nordost und treffen auf die Gebirgszüge der Alpen, die 1913 von einem Mann namens Oskar Bider als Erstem überflogen wurden.

Als Erstem?

Bereits drei Jahre zuvor, im Jahr 1910, startete Jorge Chávez in seiner Blériot XI einen Versuch, den Alpenkamm von Sitten nach Domodossola zu überqueren.

Über dem Pizzo d'Albione geriet das mit einem 50-PS-Gnôme-Rotationsmotor ausgestattete Flugzeug in heftige Turbulenzen, doch es gelang Chávez, die Maschine bis ins ruhigere Val d'Ossola zu steuern. Er flog weiter in Richtung Domodossola, wo er aus 1000 Metern Höhe zu einem steilen Sinkflug ansetzte. Beim Abfangen vor der Landung klappten beide Flügel der Blériot nach oben, und die Maschine stürzte aus nur zehn bis zwanzig Metern Höhe zu Boden.

Ein Konstruktionsfehler, wie sich später zeigen sollte.

Chávez wurde schwer verletzt ins Spital eingeliefert, wo er am 28. September verstarb.

Der Erste sein, der überlebt.

Ich zähle.

Zwölf Sekunden haben mich zweiunddreißig Jahre meines Lebens gekostet.

Der Vierteldollar fällt in den Sand, als ich die Kamera wieder zurücklege. Ich vergrabe ihn. Es dauert nicht lange, und ich hebe die Canon erneut, ich könnte ja den Moment verpassen. Aber da ist niemand in der Luft, weder Pierre noch die Wrights. Sogar die Möwe hat sich verzogen.

«Kommst du, Harald?»

Die Stimme reißt mich aus meinen Gedanken. Ich hebe den Kopf gegen den Wind, der mein Haar zerzaust. Vor dem Hotel, etwa fünfzig Meter entfernt, sehe ich eine Gestalt, die mir zuwinkt. Ich lächle, erhebe mich, klopfe mir den Sand aus den Hosen und laufe Sarah entgegen.

Anhang

Oskar Bider, 1913

Oskar Markus Bider wurde 1891 in Langenbruck im Kanton Basel-Landschaft geboren und starb 1919 bei einem Akrobatikflug in Dübendorf im Kanton Zürich. Sein Flugbrevet absolvierte er Ende 1912 im französischen Pau. Das Jahr 1913 sollte für Oskar Bider das Jahr seiner größten aviatischen Triumphe werden. Seine zahlreichen Flüge und Rekorde dokumentieren den Pioniergeist dieser Zeit:

24. Januar	Erstüberflug der Pyrenäen
2./3. März	Erster Flug Biders in der Schweiz nach seiner Rückkehr von Pau/Frankreich, sodann Flugtage in Basel
3. März	Flug mit seinem Bruder Georg in 51 Minuten von Basel nach Bern
9. März	Flugtage in Basel, 1. Postflug von Basel nach Liestal
11. März	Flug mit seinem Bruder von Basel nach Bern
12. März	Postflug von Bern nach Thun
15. bis 30. März	Vorführung der Blériot in Bern mit über 60 Passagierflügen
26. März	Flug Bern–Murten–Bern
28. März	Überflug Bern mit Abwurf von Propagandamaterial (Nationale Flugspende); danach Flug Bern–Interlaken und zurück mit seinem Cousin, dem Kunstmaler Emil Cardinaux, als Passagier aus Bern
30. März	Postflug Bern–Burgdorf–Langenthal–Bern
31. März	45-minütiger Passagierflug in Bern

3. April	Flug Bern–Aarau, Landung mit leichtem Apparateschaden
6. April	Aargauer Flugtage zugunsten der Nationalspende – Bider fliegt am selben Tag Post von Aarau nach Olten und weiter nach Lenzburg
9. April	Start auf dem Gurten bei Bern mit Cousin Paul Cardinaux-Gerster als Passagier
25. April	Flug Bern–Liestal
27. April	Flugtag in Liestal
29. April	Landung mit der Blériot im Heimatdorf Langenbruck BL mit Schwester Leny Bider als Passagierin
4. Mai	Flugtag in Langnau; Flug mit Post und Passagier von Bern nach Langnau
7. Mai	Abwurf eines Kranzes auf Ernst Rechs Grab
13. Mai	Erstüberflug der Berner Alpen (Bern–Sitten)
18./19. Mai	Flugtage in Sitten, Flugpost Sitten–Siders, Postabwurf über Siders, Flug Sitten–Lausanne–Bern
2. Juni	Missglückter Versuch Flug Bern–Mailand
3. Juni	Flugtag Biel; Bider fliegt dem Piloten E. Taddeoli nach, dessen Flugapparat beim Start ein Rad verloren hat, und gibt diesem Zeichen, so dass dieser sicher landen kann
6. Juni	Flug Bern–Biel
8. Juni	Flugtag Biel, Postflug Biel–Bern
12. Juni	Flug Bern–Thun–Bern
14./15. Juni	Flugtage Lausanne
16. Juni	Flug mit Oberst-Div. Bornand Lausanne–Morges als Passagier
17. Juni	Lausanne–Bern in 45 Minuten
2. Juli	Höhenrekord (3000 m) mit seiner Blériot
13. Juli	Flug über Domodossola nach Mailand. Dabei legt er 230 Kilometer in 4 Stunden und 45 Minuten zurück. Als erster Mensch überfliegt er damit unbeschadet die Alpen nach Italien
14. Juli	Abbruch des Rückflugs von Mailand wegen schlechten Wetters
22. Juli	Rückflug ein weiteres Mal abgebrochen

26. Juli	Rückflug von Mailand über den Lukmanier nach Liestal, mit Weiterflug nach Basel, sodann mit Bruder Georg als Passagier Weiterflug nach Bern. Er legt dabei 250 Kilometer in 3 Stunden und 9 Minuten zurück
1. August	Landung und Start mit Passagier Paul Cardinaux-Gerster auf dem Quai von Neuenburg, Nachtflug über Bern
11. August	Flug Bern–Gurnigel und nach Zwischenlandung zurück
28. August	Flug mit Oberst–Kpkdt. Audéot von Thun nach Bern
7. bis 11. September	Manöver der 2. Division auf der Blériot
10. September	Notlandung nach einem Gewitter bei Oberlindach BE, Bruch (Totalschaden) des Flugapparats und leichte Verletzung des Piloten und seines Passagiers Hptm. Real
16. Oktober	Entsendung zum Studium Deutscher Flugzeuge nach Berlin (siehe dazu Basellandschaftliche Zeitung vom 18.10.1913)
25. Dezember	Schweizerischer Dauerflug-Rekord beim Überfliegen des neuen, zweiten Blériot-Apparats von Paris nach Bern. Dabei legte Bider 451 Kilometer in 4 Stunden und 21 Minuten zurück

Quelle: Erich Tilgenkamp, Das Tagebuch der Schweizer Luftfahrt 1784–1944, Air Editions, Aeroverlag, Frick 1945.

Bider und Saniez auf dem «Gitterli» in Liestal, 27. April 1913

Flugtag in Liestal, 27. April 1913

Startvorbereitungen auf Blériot-Apparat in Lausanne, 19. Mai 1913 – beim Benzintanken der Bider-Mechaniker Saniez, rechts Bider mit Stumpen!

Flugunfall vom 10. September 1913 bei Oberlindach BE mit Pilot Bider und Passagier Hptm. Real. Wegen eines starken Gewitters versuchte Bider, um 4:30 h auf einer flachen Wiese zu landen. Er schoss für bessere Sicht Leuchtraketen ab. Am Boden streifte er trotzdem einen Strommast und der Blériot-Apparat wurde zerstört. Bider wurde dabei eingeklemmt und war kurze Zeit bewusstlos, erholte sich aber wieder. Beide Männer gingen danach zu Fuß ins nahe Dorf. Bider wurde in einem Berner Spital verarztet.

Kurzwanderung Langenbruck

Langenbruck liegt im Bezirk Waldenburg im Kanton Basel-Landschaft auf der Südseite des Oberen Hauensteins (734 m ü.M.) als Grenzgemeinde zum Kanton Solothurn.

Anfahrt: Zu erreichen von Basel: mit dem Zug nach Liestal, von dort mit der Waldenburgerbahn bis Waldenburg (zwischen Mai und September kann man diese Fahrt auch als historische Dampffahrt genießen) und dann mit dem Bus in Richtung Balsthal. Von Olten oder Solothurn: mit dem Zug bis Oensingen, von dort mit dem Bus bis Balsthal, dann umsteigen in den Bus mit Richtung Waldenburg.

Dauer der Kurzwanderung: ca. 1,5 Stunden

Ausstattung: Gutes Schuhwerk wird empfohlen, da der Weg im Wald rutschig sein kein.

Route: Wir nehmen den Bus von Waldenburg oder Balsthal und steigen bei der Haltestelle Dürrenberg aus. Der Autostraße entlang gehen wir in Richtung Passhöhe. Linker Hand, an einer geteerten Ausbuchtung, findet sich das unscheinbare Schild «Historischer Weg». Dieser Weg führt uns meist auf Holztreppen steil, aber nicht allzu lange den Wald hinauf, bis wir die in Fels gehauenen römischen Karrgeleise erreichen, die dem Pass Hauenstein den Namen gaben. Leider kann man hier nicht weitergehen, da ein Felsbruch dies verhindert, und so müssen wir auf demselben Weg zurück zur Autostraße. Diese gehen wir etwa 250 Meter weiter aufwärts, bis wir uns vor dem Wanderschild «Ober Hauenstein» auf 730 Metern Höhe befinden. Wir folgen rechts in Richtung Wannenflüeli/Langenbruck. Nun gehen wir die Vordere Frenke entlang, bis wir nach etwa 500 Metern wiederum vor einem Schild stehen, das uns einerseits nach Langenbruck, anderseits nach Wannenflüeli/Helfenberg führt. Wir folgen dem Weg in Richtung Wannenflüeli/Helfenberg. Nach kurzer Zeit erreichen wir das Restaurant Bachtalen. Wir gehen um dieses herum über eine Weide in Richtung Waldrand. Nachdem wir die Wiese hinter uns gelassen und den Waldrand erreicht haben, führt der Weg rechter Hand steil den Wald hinauf. Beim nächsten Wegweiser haben wir die Wahl. Gehen wir weiter aufwärts in Richtung Wannenflüeli, dann verpassen wir die 1911 erbaute Erica-Schanze, die ab diesem Punkt relativ eben zu erreichen ist. Schlagen wir die andere Richtung ein, ist der Ausblick vom Wannenflüeli – wir befinden uns auf dem Bergkamm auf 840 Metern Höhe – ins Solothurnerland offen und weit. Ein schöner Aussichtspunkt und Grillplatz. Wir wählen deshalb diesen Weg. Ab dort führt der Waldpfad nun wieder abwärts und Richtung Langenbruck. Nach kurzem Abstieg und einer markanten Biegung stehen wir wieder am Waldrand bei der Oberen Fraurütti. Auf der Wiese unter uns dürften Pierre und seine Freunde den Flugversuch mit der Fledermaus unternommen haben. Wir gehen nun weiter abwärts, es ist aber nicht mehr so steil, bis wir uns bald darauf oberhalb des Hotels Erica befinden. Wir gehen am Hotel vorbei und gelangen rasch auf den Erikaweg, der uns weiter in Richtung Kirche führt. Linker Hand finden wir auch den Dorffriedhof mit der Gedenktafel der beiden Bider-Geschwister Oskar und Leny. Nach kurzem Gang auf dem nun zur Kirchgasse gewordenen Weg erreichen wir die Hauptstraße, direkt gegenüber dem Gasthof Kreuz. Wir überqueren die Straße und wenden uns nach rechts, gehen am Gasthof Ochsen vorbei bis zum Gasthof Bären. Vor diesem drehen wir uns nach links und befinden uns direkt vor Oskar Biders Geburtshaus, das mit einer Gedenktafel gekennzeichnet ist. Wir passieren das Haus linker Hand und gelangen auf die Oskar-Bider-Straße. Dieser folgen wir in Richtung Dorf, überqueren den Leny-Bider-Platz und gelangen in die Dorfstraße. Nach etwa 130 Metern das Dorf hinauf, stehen wir am Ort, an dem wohl Schreiner Aebis Schuppen gestanden haben muss. Von dort sind es nur noch einige Meter zur Hautstraße, diese hinauf bis zum Postplatz. Von dort fahren Busse regelmäßig wieder in Richtung Balsthal oder Waldenburg.

Dorfstraße Langenbruck um 1915 (Postkarte)

Spielende Kinder in Langenbruck 1899, Dorfbrunnen beim «Bären». Der Knabe mit der Gießkanne ist Oskar Bider.

Quellen

Literatur zu Oskar und Leny Bider:

- Johannes Dettwiler-Riesen: Baselbieter Heimatblätter Nr. 3, September 2009, und Baselbieter Heimatblätter Nr. 1, April 2010 (Leny-Bider-Biographie).
- Eugen Dietschi: Schweizer Luftfahrt damals, Pharos-Verlag, Basel 1976.
- Frauenverein Langenbruck (Hrsg.): Julie Helene «Leny» Bider, Langenbruck Oktober 2011.
- Paul Ilg: Probus, Verlag Ringier & Co, Zofingen 1922.
- Ernst Leu: Der erste Alpenflug. Oskar Bider 1891–1919, Verlag E. Leu, Bern 1978.
- Margrit Schriber: Das zweitbeste Glück, Nagel & Kimche, Zürich 2011.
- Otto Walter: Bider der Flieger, Walter-Verlag, Olten und Freiburg im Breisgau 1938, Neuauflage 1963.

Filme zum Thema:

- Alpenflug: Das große Abenteuer, Dokumentarfilm von Manfred Baur, 2008, Bayrischer Rundfunk, ca. 60 Minuten.
- Bider der Flieger, Spielfilm von Leonard Steckel und Max Werner Lenz, 1941, ca. 85 Minuten.
- Cinémathèque Suisse: Die Traversierung der Schweizer Alpen, 1919, Beisetzung des Schweizer Chef-Piloten Bider, 1919.
- Erster Flug über die Alpen, Schweizer Filmwochenschau vom 19.7.1963 (Archiv Schweizer Fernsehen).

Informationen zu Langenbruck:

- Paul Jenni: Heimatkunde von Langenbruck, Verlag des Kantons Basel-Landschaft, Liestal 1992.
- Beatrice Schumacher: Auf Luft gebaut, Verlag des Kantons Basel-Landschaft, Liestal 1992.
- Die Filme von Emil Müller, Langenbruck (2008, SF Videoportal und Staatsarchiv Basel-Landschaft).

Weitere Quellen:

- Friedrich Gysin, Alex Amstein: Waldenburgerbahn, Verlag Dietschi AG, Waldenburg 2000.
- Otto Lilienthal: Der Vogelflug als Grundlage der Fliegekunst, R. Gaertners Verlagsbuchhandlung, Berlin 1889.
- Max Küng: Ein Tag in Leben, Basler Magazin Nr. 37, Basel 2009.

Dank

Danken möchte ich Norman Bernschneider. Er hat den Lilienthal-Gleiter, Typ «Derwitzer», nachgebaut und mir zahlreiche Details zu seiner Konstruktion geliefert. Sehr ausführlich und präzise hat mir Johannes Dettwiler-Riesen meine Fragen zu Oskar Bider beatwortet, sich dafür viel Zeit genommen, mir darüber hinaus sein umfangreiches Fotoarchiv präsentiert und mir damit seine Heimatgemeinde Langenbruck näher gebracht. In jahrelanger Kleinarbeit hat Hans Furrer eine Replika der Blériot XI konstruiert. Seinen flugtüchtigen Apparat hat er mir auf dem Aérodrome de la Gruyère anlässlich einer Flugshow erläutert. Dank auch an Thomas Gierl, der das Buchprojekt über eine längere Zeit begleitet hat und mir stets mit Rat zur Seite stand.

Ganz besonders danken möchte ich auch denen, die mir nach Durchsicht einzelner Textstellen oder des gesamten Manuskripts mit ihren Anregungen und Kommentaren geholfen haben, die Geschichte voranzubringen und auszugestalten. Ebenso Dank gebührt dem Personal des Staatsarchivs Kanton Basel-Landschaft für ihre Hilfestellung und Geduld.

Weitere Titel im Verlag Johannes Petri

Roman Porter

Die zweite Nacht

Roman

2012. 336 Seiten. Gebunden.

ISBN 978-3-03784-020-7

Ein südamerikanisches Land vor wenigen Jahrzehnten:
Ausgelöst durch den Besuch eines geheimnisvollen
Unbekannten, legt der Automechaniker Ernesto in zwei
Nächten seine Lebensbeichte ab. Erinnerungen an die
Militärdiktatur werden wach – und an das, was ihn
seither in Träumen begleitet und wie ein dunkler Schat-
ten verfolgt.

Der Autor zeigt vor dem Hintergrund allgegenwärtiger
Gewalt, wie aus Mitläufern allzu schnell Täter werden.
Folter und Zwang verwischen die Grenzen zwischen
Opfern und Peinigern. Der Roman berührt mit seinen
verstörenden Schilderungen politischer Exzesse und wirft
existentielle Fragen nach Schuld und Versöhnung auf.

Roman Porter, geb. 1957, lebt mit seiner Familie in der
Nähe von Basel. «Die zweite Nacht» ist sein erster
Roman.

Werner Adams

«Ich war nie, wie ich hätte sein sollen.» Ein Lebensschicksal aus den Anfängen der Psychiatrie

Roman nach Krankenakten aus der Heil- und Pflegeanstalt Illenau.
2012. 228 Seiten. Gebunden.
ISBN 978-3-03784-019-1

Kurz vor Weihnachten 1851 wird Daniel Müller in die Heil- und Pflegeanstalt Illenau eingeliefert. Der 34-jährige Vater von vier Kindern hofft, dort von seinen übersteigerten Schuldgefühlen, seinen Panikattacken und Wahnvorstellungen geheilt zu werden. Er wird die Anstalt nie mehr verlassen.

Wie hat es so weit kommen können? Der Autor, ein Nachfahre Daniel Müllers, hat die in Archiven vollständig erhaltenen Patientenakten und Briefe seines Ururgrossvaters sorgfältig ausgewertet. Lebendig, eindringlich und dennoch behutsam lässt er dessen Leben aus den historischen Dokumenten auferstehen.

Werner Adams, 1944 in Zürich geboren, gelingt mit seinem Roman ein authentisches Zeugnis eines tragischen Einzelschicksals in einer Gesellschaft, in der Andersartigkeit keinen Platz findet. Gleichzeitig gibt er einen differenzierten Einblick in den Alltag einer wegweisenden psychiatrischen Klinik zur Mitte des 19. Jahrhunderts.

Der Verlag Johannes Petri ist ein Imprint des
Druck- und Verlagshauses Schwabe, dessen
Geschichte bis in die Anfänge der Buchdrucker-
kunst zurückreicht. Im Jahre 1488 gründete
Johannes Petri, der das Druckerhandwerk in
Mainz zur Zeit Gutenbergs erlernt hatte, in
Basel ein eigenes Unternehmen, aus dem das
heutige Medienhaus Schwabe hervorgegangen
ist. Mit der ausdrücklichen Bezugnahme
auf unseren Firmengründer knüpft der Verlag
Johannes Petri an die lange Tradition des
Mutterhauses an und bürgt für die von
Generation zu Generation weitergegebene
Erfahrung im Büchermachen.